AF561374

NOTICE

SUR LES

MOYENS D'UTILISER TOUTES LES PARTIES

DES ANIMAUX MORTS

DANS LES CAMPAGNES,

PAR M. PAYEN,

MANUFACTURIER, PROFESSEUR DE CHIMIE, CHEVALIER DE LA LÉGION D'HONNEUR, ETC.

> En provoquant l'emploi des matières premières délaissées, on peut accroître la richesse territoriale.

Mémoire couronné par la Société royale et centrale d'Agriculture dans sa séance publique du 18 avril 1830.

PARIS,
IMPRIMERIE DE Mme. HUZARD (NÉE VALLAT LA CHAPELLE),
Imprimeur de la Société,
RUE DE L'ÉPERON-SAINT-ANDRÉ-DES-ARTS, N°. 7.

1830.

NOTICE

SUR LES

MOYENS D'UTILISER TOUTES LES PARTIES DES ANIMAUX MORTS

DANS LES CAMPAGNES.

CHAPITRE PREMIER.

CONSIDÉRATIONS GÉNÉRALES ET DONNÉES PRÉLIMINAIRES SUR LES DÉBRIS DES ANIMAUX.

Toutes les industries qui s'occupent du traitement des substances animales en France manquent de matières premières ou s'en procurent à grands frais et au détriment de nos capitaux chez les nations étrangères ; presque en aucune localité, les substances animales ne suffisent à l'engrais de nos terres, et partout, sans exception, elles peuvent y être avantageusement employées.

Cependant, ces matières utiles sont incomplétement recueillies dans les lieux où se presse une forte population agglomérée, et totalement perdues dans la plupart des petites villes, des villages et des hameaux.

Les gens des campagnes, industrieux à rechercher une multitude de débris presque sans valeur, obtiennent un chauffage peu actif du chaume qu'ils ont péniblement arraché après la moisson, de quelques brindilles de bois glanées dans les forêts ; ils s'empressent de rassembler quelques crottins épars, pour accroître leurs rares engrais ; ils alimentent quelques animaux domestiques avec des grains distraits de leur propre nourriture ; mais en même temps ils négligent ou plutôt ils repoussent avec horreur et anéantissent, en les enfouissant dans la terre, des substances animales qui seraient capables de leur procurer une foule de précieuses ressources.

On ne saurait donc mettre en doute qu'il ne fût possible d'accroître d'une valeur considérable nos produits territoriaux, en évitant la déperdition de tant de choses négligées. Cet important résultat était digne de l'attention soutenue de la Société royale d'agriculture.

Si les données que nous allons avoir l'honneur de lui soumettre peuvent concourir à la solution de ce problème intéressant, nous nous féliciterons d'y avoir consacré du temps et des soins.

Une répugnance profonde pour les cadavres des animaux morts est un des principaux obstacles à la réalisation du vœu philantropique de la Société d'agriculture ; cette répugnance est souvent rendue invincible par la crainte qu'on éprouve de toucher un objet *malsain*, capable de communiquer quelque maladie dangereuse.

C'est à détruire les idées vagues et généralement fausses sur des objets et sur quelques arts industriels improprement appelés *insalubres*, que nous devons nous attacher d'abord. Comment, en effet, ces idées ne se seraient-elles pas répandues et accréditées, lorsque, démenties par les nombreux rapports de savans distingués, elles sont cependant encore empreintes dans une foule de réglemens administratifs ?

Nous espérons pouvoir fixer toute incertitude à cet égard par une discussion claire, concise, appuyée sur des faits bien constatés, relatifs aux diverses professions qui s'exercent sur les matières animales ; nous serions assuré de parvenir à cet important résultat si, favorablement accueillies par les savans qui composent le Conseil de la Société royale d'agriculture, nos recherches pouvaient paraître sous la puissante influence de son approbation.

Nous examinerons en particulier chacune des industries qui traitent des matières animales et présentent les plus fortes émanations parmi celles rangées dans la première classe des établissemens dits *insalubres* ou incommodes, et nous espérons faire ainsi concevoir et même parvenir à démontrer cette importante proposition que *les gens de campagne n'ont aucune espèce de danger à craindre en s'occupant d'utiliser les débris des animaux morts*, lors même qu'une putréfaction avancée les forcerait à opérer en plein air.

Cette assertion est vraie dans tous les cas observés, à une seule exception près; mais l'affection morbide y relative, à laquelle ont succombé les animaux, peut être caractérisée d'une manière tellement précise, qu'elle ne donnera jamais lieu à des méprises fâcheuses. Nous commencerons par rappeler ses symptômes les plus faciles à discerner, car cette indication nous semble devoir précéder toute instruction propre à guider les habitans des campagnes dans l'emploi des animaux morts.

La maladie connue sous le nom de *charbon* (*anthrax*) se décèle par une tumeur gangreneuse, circonscrite, élevée en pointe, sur laquelle se forment une ou plusieurs phlyctènes (vulgairement dites *cloches*), accompagnées d'une vive douleur, d'une chaleur ardente; les pustules élevées sur le sommet de ces tumeurs (ou *boutons*) se convertissent rapidement en une escarre (ou *croûte*) noirâtre qui, semblable à un charbon éteint, lui a fait donner le nom de charbon.

Les animaux atteints du charbon montrent une tristesse profonde; leurs flancs s'agitent fortement; on observe en différentes parties de leur corps, surtout au poitrail et près des côtes, des grosseurs qui leur causent beaucoup de douleur, et qui rendent, au toucher, des sons analogues au bruit d'une peau sèche. Après la mort, qui arrive au bout de quinze à trente heures, la langue est noire, le sang et la chair sont de couleur brune foncée.

Il faut surtout éviter de toucher un animal mort du charbon, lorsqu'une blessure à la main pourrait favoriser ou déterminer la contagion.

Si l'on n'était pas bien assuré de reconnaître le charbon aux indices précédens, il conviendrait de consulter un médecin vétérinaire; cette précaution ne devrait jamais être négligée lorsqu'il sera possible de la prendre ; enfin, dans le cas où il resterait des doutes sur la nature de la maladie, on devrait s'abstenir de dépecer l'animal dans ce dernier cas : de même que si l'on avait reconnu la qualité contagieuse de la maladie on enterrera l'animal mort à un pied environ sous terre, et pour le conduire à la fosse, on pourra se servir d'un crochet fixé au bout d'un long manche, pour le placer sur une claie ou une vieille porte et traîner le tout. On remarquera, d'une manière quelconque, la place où on l'aura enterré, il conviendra d'y semer du grain, afin de profiter de cette puissante fumure souterraine : au bout de deux ans, on videra la fosse et on trouvera les os complétement décharnés et propres aux usages que nous indiquerons plus loin.

S'il est démontré que, dans le dépécement des animaux morts du *charbon*, des affections mortelles peuvent être contractées par l'opérateur, il ne paraît pas moins certain que la chair provenant de ces mêmes animaux et de tous ceux qui ont succombé à diverses maladies épidémiques ou contagieuses n'a jamais causé d'affection dangereuse chez les individus qui l'ont consommée comme substance alimentaire.

On trouve, dans un Mémoire publié en l'an VIII par M. *Huzard*, membre de l'Institut, un grand nombre de faits concluans à cet égard, et parmi lesquels nous citerons ceux qui suivent.

Pendant les épizooties de 1770 et de l'an VI, qui avaient un caractère bien plus dangereux que les précédentes, le nombre des bêtes vendues aux bouchers a été bien plus considérable encore, sans que les maladies aient été plus multipliées parmi le peuple.

Les médecins chargés du soin de visiter les indigens, qui eussent été plus exposés s'il y avait eu danger réel par l'usage des basses viandes; ces médecins, dis-je, consultés, n'ont pu citer que des exemples tendant à prouver l'innocuité de cette viande.

L'ouverture des animaux forcés à la chasse présente les mêmes phénomènes pathologiques que celle des animaux morts du *charbon;* cette dernière maladie reconnaît elle-même pour cause des marches forcées ou violentes.

L'usage du gibier en partie putréfié n'occasione aucune maladie.

Les médecins en chef des armées françaises de Sambre-et-Meuse, Rhin-et-Moselle, du Rhin, d'Italie ont vu, comme M. *Huzard,* une grande partie de ces armées alimentées pendant longtemps de la viande de bœufs et de vaches qui avaient succombé à l'épizootie régnante depuis l'an IV, sans qu'il en soit résulté aucune maladie parmi ces nombreux consommateurs.

Plusieurs observations, comme celles relatives à deux bouchers des Invalides, citées par *Morand,* prouvent que des maladies ont été contractées et que même la mort est survenue chez des personnes qui avaient dépecé des animaux atteints d'affections contagieuses, tandis qu'aucune de celles qui se sont nourries de la chair de ces animaux n'en a été indisposée.

L'usage presque général parmi les habitans peu aisés de Paris de la viande des chevaux morts pendant la disette de l'an VIII n'a été suivi d'aucune affection spéciale (1).

Enfin, nous ajouterons qu'à peine est-il dou-

---

(1) Si les viandes crues, en divers états et même après avoir éprouvé un léger commencement de putréfaction, peuvent être, et sont en effet journellement préparées par les moyens de coction habituels, et consommées par les hommes sans aucun inconvénient, il n'en est pas toujours de même de certaines viandes qui, après avoir été cuites, ont éprouvé du temps une sorte d'altération spéciale, notamment de plusieurs préparations de charcuterie, des jambons, boudins, saucisses, pâtés qui avaient montré à l'intérieur un peu de ramollissement après avoir été gardés assez long-temps pour s'être recouverts de moisissure.

Des effets délétères, une sorte d'empoisonnement ont été constatés par suite de l'usage de quelques uns de ces alimens. Il serait donc prudent de s'abstenir de manger ces sortes de préparations légèrement gâtées; on pourrait, au reste, en tirer parti en les mélangeant avec des pommes de terre cuites, des recoupes, etc., et en les faisant manger aux porcs ou aux chiens. Des essais sur ces derniers animaux ont fait connaître qu'ils n'en éprouvaient pas les mêmes effets que les hommes.

teux que la solution de chlorure de chaux, obtenue actuellement à si bas prix en France, imprégnée dans une blouse dont se recouvrirait l'opérateur, versée sur ses mains et sur l'animal au moment de l'ouverture, introduite même alors dans l'intérieur du cadavre, laissât planer la moindre crainte de danger. Une des sources des plus fortes inductions en ce sens résulte sans doute des expériences faites récemment sur des pestiférés par une commission de médecins, il faut donc espérer que l'on aura bientôt la certitude de pouvoir tirer parti de tous les animaux morts sans aucune exception.

Boyauderies.

L'art de préparer les boyaux insuflés se fonde sur l'altération putride d'une partie des membranes qui les composent. Dans les ateliers de ce genre, situés près des grandes villes, les intestins, mis en masses dans des cuviers, restent soumis à la *macération* pendant quelques jours, plus ou moins long-temps suivant que la température atmosphérique retarde ou accélère la fermentation : dès que l'altération utile est opérée, des hommes, des femmes et des enfans s'occupent à manipuler ces matières; une grande quantité de détritus en résultent et développent rapidement tous les produits putrides de la fermentation. Les émanations sont si fortes dans ces halles que tous les ouvriers, lorsqu'ils en sortent, répandent une odeur infecte dans les endroits les plus éloignés, et ne peuvent être supportés dans aucune réunion des gens du peuple non habitués à cette infection.

Ayant eu l'honneur de faire partie d'une commission chargée d'essayer des moyens d'assainissement dans une des principales fabriques de boyaux insuflés, plusieurs de nos collègues n'auraient pu se résoudre à supporter quelques minutes cette horrible puanteur, et cependant aucun des ouvriers des deux sexes et de tout âge attachés à cet établissement n'était sujet à la moindre indisposition spéciale; leurs enfans les plus jeunes, soumis à l'influence des mêmes émanations, n'en avaient eu aucun temps ressenti de fâcheux effets.

Ces importantes observations furent constatées dans notre rapport.

Le Conseil de salubrité, dont les utiles travaux ont déjà contribué puissamment à discréditer plusieurs préjugés populaires, fit remarquer, dans divers rapports, la même innocuité des émanations de matières animales putrides.

Équarrissage.

Nous rappellerons, entre autres, un rapport du Conseil précité sur l'équarrissage des chevaux de Paris dans les clos où viennent chaque jour s'entasser les cadavres de chevaux morts par des causes diverses, et qui presque tous ont succombé soit à des maladies, soit à l'épuisement qui résulte de la vieillesse, d'un travail forcé ou de la faim.

Une énorme quantité de boyaux, de sang, d'os charnus, etc., abandonnés pendant plusieurs jours à une fermentation forte, surchargent constamment l'air d'émanations infectes, et cependant les ouvriers, les femmes et même des enfans à la mamelle respirent tous les jours cet air puant sans en éprouver la moindre influence fâcheuse : aucune affection spéciale, aucune maladie régnante n'ont été observées dans les environs.

Un tel exemple présente toutes les circonstances réunies qui pourraient augmenter le danger, s'il y en avait, dans les manipulations des substances animales : en effet, on manque à Montfaucon d'écoulement pour les déjections liquides et d'eau pour les lavages; l'extrême abondance des détritus sur un même point en laisse une grande partie sans emploi ; enfin, la négligence ou les anciennes habitudes des personnes qui exploitent cette grossière industrie ont empêché jusqu'à ce jour l'application de moyens convenables pour conserver ou rendre transportables les parties perdues (1).

Poudrette.

Non loin des clos d'équarrissage, on remarque de vastes foyers d'émanations animales d'un autre genre, ce sont les bassins qui reçoivent journellement les vidanges de toutes les matières fécales de la ville : les mêmes observations hygiéniques peuvent s'y appliquer, soit relativement aux individus qui assistent à la décharge de ces matières, y tiennent leurs mains constamment plongées, recherchant avec soin les objets de quelque valeur tombés par hasard dans les latrines ; soit parmi les ouvriers occupés au dessèchement de

(1) En 1810, un brevet d'invention, relatif au traitement de cette matière, obtenu par M. *Payen* et compagnie, fut entravé dans son exploitation par les causes signalées ici : une partie des obstacles vont probablement être levés ; des opérations trop long-temps ajournées pourront avoir lieu, nous les décrirons dans le cours de ce mémoire, ainsi que celles que nous avons reconnues utiles par des travaux postérieurs.

la poudrette, soit parmi ceux qui chargent cet engrais dans les bateaux et les charrettes; soit, enfin, parmi les habitans des alentours.

Écorcheurs.

Une des professions qui réunirait, à elle seule, tous les dangers des opérations sur les cadavres, s'il en existait de réels autres que ceux que nous avons signalés, est sans contredit celle des écorcheurs dans les grandes villes.

Aux environs de Paris, certains individus ne font d'autre métier que de rechercher tous les cadavres abandonnés des animaux morts, pour en retirer la peau et la graisse, et quelquefois, lorsqu'ils sont frais, la chair musculaire. On voit ces gens suivre le cours de la Seine, afin de dépecer les animaux noyés ou jetés à l'eau, qui, gonflés par les gaz de la putréfaction, surnagent et stationnent près des bords. Deux ou trois chiens de bergers, qui accompagnent ces gens, sont dressés à rapporter les corps flottans à quelque distance de la rive.

Les écorcheurs, dont les vêtemens, les mains, les ustensiles de poche sont imprégnés des matières animales avec lesquelles elles sont à tout moment en contact, n'observent aucune précaution de propreté ; quand ils prennent leurs alimens, ils touchent et consomment ceux-ci au milieu de leurs plus sales opérations. On remarque dans cette localité des vieillards occupés dès leur enfance du métier d'écorcheurs, qu'ils continuent à exercer sans en éprouver aucune affection spéciale.

Nous le répétons encore à cette occasion, la seule maladie désignée sous le nom d'*anthrax* ou *charbon* a été funeste aux écorcheurs après la mort des animaux qu'elle avait atteints. (Voy., pages 6, 7 et 8, les indices auxquels on la reconnaît et les moyens à essayer pour se garantir de ses funestes effets.)

Fabricans de colle-forte.

Il y a quinze ans, la préparation de la colle-forte était encore si peu avancée dans quelques fabriques de la capitale de la France, que les produits dans lesquels une couleur brune foncée, une consistance molle, l'odeur putride de leur solution décelaient tous les défauts possibles de la fabrication, étaient désignés dans le commerce sous le nom de *colle de Paris ;* ils sortaient de trois ateliers, dans lesquels toutes les matières premières, et notamment les tendons adhérens aux pieds de chevaux, arrivaient en pleine putréfaction; amoncelées dans des cours peu aérées, elles contribuaient, avec les *marcs* de colle, plus infects encore, les eaux gélatineuses corrompues et autres détritus répandus sur toute la surface du sol, à entretenir une puanteur insupportable : cependant des ouvriers de différens âges, des femmes, des enfans, enfermés toute la semaine dans ces sortes de cloaques, n'ont jamais été atteints de maladies particulières.

Alors, déjà nous avions eu plusieurs fois l'occasion de remarquer avec quelque surprise leur santé généralement très robuste; mais, depuis, un si grand nombre d'observations semblables se sont offertes à nos méditations, qu'à moins de réunions de circonstances tout à fait extraordinaires, nous ne voyons plus le moindre inconvénient, relativement à la salubrité, dans les émanations, à l'air libre, des matières animales mortes.

Nous pourrions citer des faits absolument semblables, que nous avons observés dans plus de dix *fonderies d'os*, où des milliers de kilogrammes d'ossemens sont chaque jour entassés, hachés à la main, débouillis, puis amoncelés tout chauds et humides; là, encore, des émanations infectes surgissent de toutes parts ; les ouvriers en sont imprégnés et les respirent sans cesse, cependant on ne voit pas leur santé s'altérer ; les blessures accidentelles qu'ils se font en coupant les os ne prennent aucun caractère pernicieux, et l'on en rencontre beaucoup qui ont vieilli dans ce métier.

Enfin, dans les échaudoirs, dans les fabriques des produits ammoniacaux, où les gaz que les substances animales fournissent, par leur décomposition rapide à une haute température, se mêlent aux émanations des os en fermentation, les ouvriers, les contre-maîtres et les chefs, après un séjour constant et prolongé dans ces usines, comme pendant les mutations de ce personnel, offrent en général des preuves incontestables d'une santé non altérée par une cause prédominante.

Hâtons-nous d'ajouter que toutes ces émanations, sans danger à l'air libre ou facilement renouvelé, pourraient avoir une action fort délétère sur notre économie, si elles étaient accumulées dans des endroits clos et étroits, et qu'elles pourraient, en cette circonstance, causer des asphyxies, etc.

Nous devons aussi prémunir les gens des campagnes contre les exhalaisons, même en plein air, de toutes les *matières végétales* en fermentation, soit seules, soit avec le concours de substances animales : c'est ainsi que les fosses où le rouissage s'opère, les marais fangeux, les dépôts d'eaux savonneuses, la bourbe des mares ou des canaux pendant leur curage, etc., etc., présentent, pour les habitations qui les avoisinent, de très graves inconvéniens, et vont répandre quelquefois, à des distances assez grandes, plusieurs affections spéciales.

Parmi les émanations des fabriques, toutes celles qui entraînent des oxides ou des sels métalliques, de cuivre, de plomb, de mercure, de zinc sont dangereuses à respirer; certains gaz, tels que l'acide nitreux, le chlore, l'*hydrogène sulfuré*, l'acide carbonique, la *vapeur* du charbon allumé, etc., en certaines proportions dans l'air, peuvent causer des accidens fâcheux; mais nous sortirions de notre sujet si nous donnions de plus grands détails sur toutes les causes d'insalubrité qui peuvent régner dans l'air atmosphérique. Revenons à notre objet principal.

Afin de procéder méthodiquement, nous considérerons d'abord les différens genres de mort qui peuvent arriver; nous indiquerons ensuite les manutentions relatives au dépécement des animaux; nous nous occuperons des moyens de conserver chacune des parties extraites isolément, puis de leurs emplois spéciaux dans différentes exploitations rurales ou industrielles, des moyens de les y vendre et de les transporter.

Nous décrirons plusieurs opérations secondaires, qui permettraient de tirer meilleur parti de ces matières animales ou de les vendre plus cher.

Enfin, nous entrerons dans quelques détails de procédés faciles, à l'aide desquels on peut convertir ces substances en produits usuels ou les appliquer immédiatement à des emplois utiles : cette dernière partie de notre travail offrira de l'intérêt, surtout relativement aux localités les plus dépourvues de communications et de moyens de transport.

Genres de mort.

Les animaux périssent, 1°. de mort violente, accidentellement, ou abattus lorsqu'on n'en doit plus espérer de service; 2°. par suite de maladies ou de vieillesse.

Dans le premier cas, on aura peu de répugnance à utiliser leurs cadavres; mais, dans les deux autres, il arrivera que des idées populaires empêcheront de les soumettre à aucune des opérations que nous allons décrire. Nous devons donc essayer de détruire ces préjugés, contraires à notre but.

Les animaux qui ont succombé sous l'influence d'une maladie ou par suite de vieillesse ne présentent aucun danger à celui qui veut les dépecer (1).

Un commencement même de putréfaction, s'il n'a pas suffi pour détruire la consistance des parties musculaires, ne doit pas empêcher de dépecer les animaux (2); il sera convenable

---

(1) Sauf quelques exceptions extrêmement rares, et qui s'appliquent soit aux animaux morts du *charbon* (voyez page 6), soit à des animaux venimeux : ainsi, des observations positives ont appris que le venin des serpens à sonnettes, inoculé après la mort de ces reptiles, pouvait encore porter le désordre dans les fonctions des animaux vivans.

(2) Dans ce dernier cas, le seul emploi que l'on pût faire de ces débris serait dans leur application directe à l'engrais, et pour y réussir, on devrait, à l'aide d'outils à longs manches, tels que fourches, râteaux, les malaxer avec de la terre sèche, en séparer les os pour les appliquer aux usages indiqués plus loin, puis répandre le mélange en couche mince sur les terres en culture, ou en petits monceaux entre les pieds ou les touffes des dif-

alors d'opérer préalablement un lavage avec une solution de chlorure de chaux, contenant environ cinquante grammes ou un dixième de livre par litre d'eau; si l'on manquait de cet utile agent, on emploierait un lait de chaux léger (1), et à défaut encore, on se servirait d'abondantes lotions d'eau de suie ou même d'eau naturelle.

Les animaux morts des suites de maladies, ou atteints par la foudre, de même que ceux qui succombent après un excès de fatigue, éprouvent plus rapidement les effets de la putréfaction; il est donc nécessaire de les dépecer le plus tôt possible et de traiter immédiatement toutes leurs parties par les agens et les moyens indiqués dans ce mémoire.

---

férentes plantes rurales, le maïs, le tabac, les pommes de terre, etc.; il faut, dans tous les cas, recouvrir de terre ces engrais, soit pour empêcher divers animaux de les manger, soit afin de faire absorber les gaz par cette terre, qui les transmet ensuite peu à peu aux plantes.

(1) Nous indiquerons plus loin les manipulations faciles à l'aide desquelles on prépare toutes les substances dont nous conseillons l'emploi. *L'eau de Javelle,* étendue de deux ou trois fois son volume d'eau, peut remplacer la solution de chlorure de chaux dans cette application, comme dans beaucoup d'autres.

Au fur et à mesure que l'on met à découvert les parties internes des animaux chez lesquels la putréfaction s'est manifestée, il est convenable de faire sur ces parties les aspersions de chlorure de chaux, ou, à défaut, de fréquens lavages à l'eau de chaux, ou même avec de l'eau simple.

CHAPITRE II.

DÉPÉCEMENT DES ANIMAUX MORTS.

A cela près d'un fort petit nombre d'exceptions, que nous indiquerons plus bas, tous les animaux doivent être dépouillés et dépecés de la même manière. On coupe le plus près possible de leur racine les crins, et l'on arrache les fers des pieds lorsqu'il y a lieu. L'animal, étendu à terre ou sur une table, est maintenu sur le dos, le ventre tourné vers l'opérateur : celui-ci, à l'aide d'un couteau bien affilé, pratique une incision longitudinale dans toute l'épaisseur de la peau, et même un peu plus avant, depuis le milieu de la mâchoire inférieure, traversant en ligne droite le cou, la poitrine et le ventre jusqu'à l'anus; il incise de même la peau des quatre membres dans le sens de leur longueur, en coupant à angle droit la première incision, et s'arrêtant près de chacune des extrémités, où se fait une incision circulaire.

Saisissant alors de la main la moins exercée un des côtés de la peau dans l'incision longitudinale, il la détache successivement sur le ventre, la poitrine, le cou, les jambes et les parties latérales, à l'aide de coupures qui s'insinuent entre la peau et la chair; on doit avoir le soin surtout, si l'on manque d'habitude et que l'animal soit maigre, de diriger le tranchant de la lame vers les muscles, dont on entame toujours quelques portions, afin d'éviter que la peau ne puisse être endommagée.

Dès que toutes les parties ci-dessus indiquées sont dénudées, on retourne l'animal sur le ventre, afin d'achever de le dépouiller. La queue, fendue par la première incision, est développée; sa partie intérieure, osseuse et charnue, est tranchée aussi loin que possible de sa racine, afin de laisser plus d'étendue à la peau: on continue, comme nous l'avons dit, de séparer celle-ci de toute la région du dos, à laquelle elle adhère encore; arrivé vers la tête, on tranche les oreilles près de leur insertion, et l'on termine l'opération en dépouillant toute la partie postérieure de la face.

Dans les localités où la proximité des tanneries, mégisseries, maroquineries, etc., permet d'expédier à ces établissemens les peaux toutes fraîches, on laisse sans la dépouiller toute la partie interne de la queue ; les oreilles et même les lèvres peuvent également être laissées adhérentes à la peau, de peur de l'endommager en les extrayant ; les écorcheurs de profession le font à dessein, pour rendre la peau plus lourde, parce qu'elle se vend au poids.

Lorsqu'au contraire les peaux doivent être expédiées à des distances un peu plus grandes, il faut extraire soigneusement toutes les parties charnues. Nous indiquerons plus loin les autres précautions à prendre et les moyens économiques à employer pour leur conservation.

Lorsque l'animal a été dépouillé comme nous venons de le dire, on enlève toutes les parties intestinales, les viscères de la poitrine et le diaphragme, que l'on dépose non loin de là ; on désarticule les quatre pieds, après avoir relevé les tendons, afin d'éviter de les couper en tranchant le jarret et le genou ; on désarticule ensuite les membres postérieurs (jambes de derrière), en coupant les muscles qui leur correspondent le plus près possible de l'insertion aux os du bassin ; les extrémités antérieures (jambes de devant) sont séparées de même, et l'on s'occupe alors d'enlever toutes les chairs sur ces diverses parties, en mettant à part les plus beaux morceaux lorsqu'ils sont susceptibles de servir d'alimens : les chairs extraites entre les côtes, dans les vertèbres du cou et dans toutes les parties anfractueuses de la tête, sont en petits lambeaux ou raclures (1).

Extraction de la graisse.

On ne peut extraire mécaniquement des animaux qu'une portion de la graisse qu'ils recèlent et qui se trouve sécrétée en parties assez volumineuses pour être facilement aperçues et saisies : on ne trouve ces sécrétions abondantes que dans les animaux gras, ceux qui sont très maigres n'en offrent que des quantités fort minimes.

On doit rechercher la matière grasse sous la peau, autour du cœur, des intestins, près des parois internes, entre le péritoine et les parties

---

(1) Nous verrons plus loin, dans le traitement ultérieur des chairs, comment on peut, par une forte cuisson à la vapeur ou dans l'eau, détacher des os toutes les parties y adhérentes.

inférieures de l'abdomen, dans l'épaisseur du mésentère et du médiastin ; enfin, entre les gros muscles : cette dernière partie, dont la découverte est plus difficile, exige une certaine habitude pour être enlevée promptement.

On trouvera l'occasion de s'exercer à ces opérations, en suivant les travaux des gens chargés d'abattre et de dépecer les animaux destinés à servir d'alimens, et mieux encore ceux des écorcheurs, qui extraient seulement la peau et la graisse dans le dépeçage des animaux morts.

Enlèvement des tendons.

Les tendons sont ces parties fibreuses, résistantes, qui attachent les muscles aux os ; on les connaît généralement, dans les campagnes surtout, sous le nom de *nerfs* : de là viennent ces locutions vulgaires de *membres nerveux* et celles relatives à divers objets, tels que bois, fers, etc., *qui ont du nerf.* Ces indications suffisent sans doute pour mettre à la portée de tous ce que l'on désigne par le nom de tendons.

C'est surtout près des extrémités que les tendons, mieux isolés, sont plus faciles à extraire ; pour les enlever, on les tranche au rez de leur point d'attache en passant la lame du couteau entre eux et l'os, et enlevant avec eux les petits lambeaux de la peau restés adhérens aux pieds et qui sont propres aux mêmes usages; dans les petits animaux, tels que les chiens et les chats, on coupe toute la partie inférieure des pattes jusqu'au *coude* sans les dépouiller : en sorte que la peau, ainsi que les tendons qu'elle recouvre, sont appliqués aux mêmes emplois; quant aux tendons des extrémités postérieures (jambes de derrière), ils sont détachés de l'os et suivis, aussi avant qu'on le peut, dans leur contact avec la chair musculaire, laissant le moins possible de celle-ci, qui resterait en pure perte adhérente aux tendons et nuirait même aux usages de ceux-ci. Les *rognures de peaux*, les *oreilles*, les *queues* et les *pénis* (dits *nerfs de bœufs*) peuvent être réunis aux tendons ci-dessus; mais, à l'exception des pénis, ils sont ordinairement livrés avec les peaux, dont ils augmentent le poids.

Dislocation des sabots et des ergots.

On parvient de plusieurs manières à séparer des os des pieds la substance cornée qui la recouvre chez les chevaux, bœufs, moutons, etc. L'une des plus simples consiste à mettre ces parties dans l'eau et les y laisser jusqu'à ce que la substance molle, pulpeuse, qui est interposée entre l'os interne et l'*ongle*, soit distendue et presque délayée : en cet état, il suffit d'insérer une lame de couteau dans cet intervalle amolli en partie, pour opérer la séparation des sabots et des ergots.

Lorsque le dépécement est terminé, ou même pendant qu'il s'opère, si plusieurs manipulateurs peuvent s'occuper à la fois de ces opérations, on prépare les différentes parties extraites, à l'aide des procédés que nous allons décrire pour chacune d'elles. On pourrait craindre que plusieurs matières fussent recueillies en trop petites quantités, pour engager l'habitant des campagnes à s'occuper de les utiliser toutes les fois qu'il lui coûtera quelque peine pour trouver à en vendre les produits ; mais ce résultat fâcheux pourrait être évité, soit par la réunion des produits semblables obtenus par tous les habitans d'une même commune ou d'un arrondissement, soit par le commerce et l'industrie, qui sont facilement introduits dans les localités où ils trouveront matière à s'exercer.

CHAPITRE III.

MOYENS RELATIFS A LA CONSERVATION, AU TRANSPORT ET AUX EMPLOIS LES PLUS FACILES DES PARTIES EXTRAITES DES ANIMAUX.

Crins, poils, laines, plumes.

Toutes ces substances peuvent être conservées par les mêmes moyens (1); on les fait dessécher au four, après s'être assuré préalablement que la température n'y est plus assez élevée pour opérer sur elles quelque altération; il suffit ensuite de les emballer dans des caisses, des barils ou tout autre vase bien clos et le plus sec; on aura plus de chances encore d'une bonne conservation, en les mettant en contact avec le gaz du soufre en combustion avant de les tirer du feu : pour cela, on fait, en écartant ces matières, une place nette au milieu de la sole, on y pose deux briques, et l'on place dessus un pot à fleur ou tout autre vase en terre ou en fonte, percé de quelques trous au fond, dans lequel on a mis un morceau allumé (la moitié, par exemple) d'une mèche soufrée.

(1) Les crins lavés et séchés à l'air se gardent très longtemps sans aucune autre préparation.

Dès que le soufre cesse de brûler, on se hâte d'emballer les substances qui ont été exposées à son action.

Si l'on voulait prolonger pendant plusieurs années la conservation de ces objets, il serait bien de renouveler, avant les chaleurs de l'été, la dessiccation et le soufrage que nous venons d'indiquer.

L'emploi des plumes est généralement connu, même dans les campagnes; mais il est assez rare que l'on y emploie les procédés susceptibles de prévenir leur prompte détérioration : nous ajouterons aux précautions que nous avons indiquées, qu'il est utile d'enduire d'un corps imperméable les toiles dans lesquelles on renferme les plumes; pour y parvenir, il suffit de les frotter avec un morceau de cire mêlée préalablement, en la faisant fondre sur un feu doux, d'un quart ou d'un tiers de son poids de térébenthine commune, dite *galipot*.

De cette manière, on remplit les interstices du tissu, et l'air ayant alors très peu d'accès, on court beaucoup moins de risques de laisser introduire des insectes, dont les œufs développent les vers susceptibles d'altérer ces matières : on rend ce moyen plus efficace encore en recouvrant d'une seconde enveloppe en toile ordinaire les toiles cirées.

Il est peut-être superflu d'ajouter que les plumes convenables pour l'écriture et le dessin, telles que celles des ailes d'oies, de corbeaux, et, à défaut, de plusieurs autres oiseaux, peuvent être préparées pour cet usage en passant, à plusieurs reprises, la partie qui était implantée dans l'aile, sous la cendre très chaude, assez vite pour qu'elles ne soient ni brûlées ni déformées, mais seulement amollies par la chaleur; puis, les frottant et les roulant dans un linge rude, entre chaque chaude; enfin, raclant légèrement leur superficie avec une lame de couteau : de cette manière, on parvient aisément à arrondir leur *tuyau* et à enlever la pellicule graisseuse, qui se serait opposée à l'adhérence de l'encre. Les plumes à écrire, préparées pour le commerce, sont traitées d'une manière différente, que nous décrirons plus loin dans le dernier chapitre.

Les plumes défectueuses et toutes celles qui ne peuvent servir ni pour les lits ni pour écrire seront aisément utilisées comme un excellent engrais, en les mettant dans des sillons creusés près des plantes et les recouvrant de terre.

Les crins longs, tels que ceux de la queue des chevaux dits à tous crins, doivent être mis à part comme ayant beaucoup plus de valeur que les crins courts; ces derniers ne servent qu'à filer des cordes, à rembourrer des coussins, meubles de siége, selles de chevaux, etc.; tandis que les premiers s'emploient dans la confection des étoffes de luxe dont le prix est assez élevé : la fabrication des étoffes de crin acquiert beaucoup d'extension, et déjà la matière première lui manque en France.

Si les habitans des campagnes préféraient faire usage des crins plutôt que de les vendre, il leur serait très facile de les filer, soit par eux-mêmes ou par des gens du métier, en cordes d'une grande solidité, très durables lors même qu'elles sont exposées aux intempéries des saisons ; sous ce rapport, les cordes de crin sont très convenables pour étendre le linge, auquel, d'ailleurs, elles ne communiquent pas de traces brunes, comme cela arrive avec les cordes de chanvre altérées par l'humidité. S'ils voulaient préparer le crin pour rembourrer quelques meubles, ils l'exposeraient à la vapeur de l'eau bouillante en tresses, qui, après le refroidissement, conservent les formes ondulées, utiles pour le rendre élastique.

Les soies de cochon, que l'on extrait, en quelques endroits, après l'échaudage de ces animaux, peuvent être assimilées aux crins courts et vendus comme tels aux bourreliers et fabri-

3

cans de meubles ou aux apprêteurs de crins.

La *bourre*, ou poils de diverses peaux, enlevée à l'aide d'une macération dans l'eau de chaux, sert à la sellerie grossière et à fabriquer les feutres pour doublage des vaisseaux; mais cette matière de peu de valeur ne peut guère être obtenue que chez les tanneurs : il en est de même des déchets des peaux tondues. Au reste, beaucoup de peaux de petits animaux, n'ayant de prix qu'en raison de leurs poils, et les autres pouvant être vendues sans en être débarrassées, il convient, en général, aux gens des campagnes que toutes les peaux qu'ils pourront se procurer en dépouillant les animaux morts soient conservées avec leurs poils, comme nous le verrons plus loin.

Fers, clous.

Les bœufs, chevaux, ânes, mulets sont souvent munis de fers plus ou moins usés lorsqu'ils meurent ou sont abattus.

Les vieux fers qui ne peuvent être forgés seuls sont encore très utiles aux forgerons ; on les chauffe fortement trois ou quatre à la fois, on les soude en les corroyant ensemble au marteau, et les fers neufs, ainsi que les autres ouvrages de forge qui en résultent, sont fibreux, d'excellente qualité, et aucunement sujets à casser.

Ce fer corroyé est très propre au service de la grosserie (ferremens de charronnage), en raison de sa grande ténacité.

Les clous arrachés des pieds de ces animaux s'emploient utilement, sous le nom de *rapointés*, pour hérisser les pièces de bois qui doivent être recouvertes de plâtre ou de mortier ; on s'en sert, dans plusieurs provinces et surtout en Auvergne, pour ferrer les sabots et rendre cette chaussure plus durable ; ils peuvent servir à fixer les loques, au moyen desquelles on palisse les arbres à fruit le long des murailles et à quelques autres usages des clous à tête.

Cornes, sabots, ergots, onglons, etc.

Tous ces produits des animaux sont formés d'une même substance : aussi ont-ils plusieurs usages communs ; leur couleur et leurs dimensions les font seules différer d'utilité dans quelques emplois.

Les premiers soins à prendre après les avoir rassemblés est donc de les assortir suivant ces caractères physiques. Ainsi, on mettra ensemble tous ceux de ces objets qui offriront à peu près la même nuance et la même grandeur ; ceux qui, étant à la fois le moins colorés et les plus grands, n'ayant d'ailleurs aucune sorte de défectuosité, auront la plus grande valeur; réciproquement, les plus petits et les plus colorés, comme ceux qui offriront des déchirures, des trous, des entailles ou des formes trop irrégulières, ne pourront se vendre qu'à un prix moindre; toutefois, parmi les plus grands, on mettra à part ceux qui seront sans défaut, et on réunira en un seul lot tous les défectueux; les cornes et les sabots peu colorés, mais difformes, seront aussi mis de côté; enfin, on réunira tous les petits ergots et les rognures ou fragmens de très petites dimensions.

Tous les sabots, cornes, onglons entiers se vendent aux *aplatisseurs*, qui les préparent pour la fabrication des peignes et autres objets en corne; ceux qui sont défectueux ne sont propres qu'à la préparation de la poudre et râpure de corne blonde ou brune; enfin, les déchets, menus fragmens et petits ergots s'emploient par les fabricans de prussiate de potasse; il est probable qu'on trouvera moyen de les employer dans la tabletterie, à l'aide de procédés analogues à ceux que nous indiquerons dans l'appendice, et qu'alors il sera utile de les assortir suivant leur nuance.

La préparation de la poudre et de la râpure

de corne est si simple et si facile, que les habitans des campagnes ne peuvent manquer de s'y livrer avec fruit : il suffit, en effet, de saisir l'objet qu'on veut diviser ainsi, entre les mâchoires d'un étau, sous le valet d'un établi, ou même entre deux morceaux de bois serrés par une corde, puis d'user la corne ainsi maintenue, à l'aide d'une forte râpe ; la râpure ou corne divisée est recueillie, et lorsque l'on en a amassé une certaine quantité, on peut la vendre aux tabletiers : il conviendrait de la tamiser préalablement, afin de donner plus de valeur à la poudre plus fine, et de tirer ainsi un parti plus avantageux de la totalité. On doit éviter avec soin de répandre de l'huile ou des matières grasses sur cette poudre, et même d'y mêler tout autre corps étranger, qui, pouvant s'opposer à son agglomération, la rendrait impropre à la fabrication d'objets en *corne fondue.*

Peaux.

Cette partie est l'une de celles qui ont le plus de valeur dans les animaux morts : en effet, depuis les peaux de taupes et de rats, que les tanneurs apprêtent pour certaines fourrures, celles de lapins, de lièvres, dont les chapeliers extraient le poil, jusqu'aux plus grands cuirs, aux toisons les plus estimées et aux fourrures les plus précieuses, toutes les peaux peuvent se vendre avantageusement : aussi, en perd-on, en général, moins que de chacun des autres produits du dépécement des animaux ; toutefois, il arrive encore très fréquemment que des animaux morts sont enterrés dans les campagnes sans même avoir été dépouillés. Nous espérons qu'un des effets les plus prochains de nos efforts contre les préjugés populaires sera de les faire utiliser.

Lorsque les établissemens manufacturiers dans lesquels on travaille les peaux sont peu éloignés, on peut les y porter toutes fraîches, les plus grandes s'y vendent au poids.

La conservation, et, par suite, le transport des peaux à des distances assez considérables sont faciles ; il suffit généralement d'en éliminer le plus possible les substances charnues ou grasses adhérentes, puis de les étendre à l'air jusqu'à ce que leur dessiccation soit complète ; cependant, lorsqu'il s'agit de les garder longtemps, et surtout afin de pouvoir en accumuler une quantité de quelque valeur jusqu'au moment de les expédier, il est utile de les imprégner d'une substance antiseptique ; à cet effet, on peut suivre l'un des procédés économiques suivans.

1°. Les peaux destinées aux tanneurs se conservent assez long-temps, et même se transportent humides (dites à l'état vert), en les imprégnant d'un lait de chaux léger fait en délayant environ une demi-livre de chaux éteinte en pâte dans deux seaux d'eau.

2°. Lorsque les peaux sont desséchées, on les suspend dans un cabinet clos; on place dans une des encoignures un tesson de vase en terre contenant quelques copeaux saupoudrés de soufre; on les allume, puis on ferme la porte le plus hermétiquement possible; l'acide sulfureux, qui s'introduit (à l'aide d'un peu de vapeur d'eau) dans les poils et le tissu de la peau, les défend assez long-temps de toute altération spontanée comme des attaques des insectes : ce moyen sera d'autant plus efficace que l'on pourra enfermer les peaux dans des vases mieux clos, immédiatement après cette fumigation. Il serait utile, dans certains cas, de renouveler cette opération peu coûteuse.

3°. Lorsque les peaux seront à demi sèches, on les plongera dans un vase contenant une solution de sel marin ou d'alun en quantité suffisante pour qu'elles y soient complétement plongées.

La solution de sel marin et d'alun se fait en délayant dans l'eau froide du sel de cuisine ou de l'alun en poudre, que l'on y ajoute successivement par poignées, en agitant de temps à autre, jusqu'à ce que la solution soit complète. Il faut employer environ un douzième du poids des peaux en sel, ou moitié de cette quantité en alun : un vase en grès, un seau, un baquet, etc., sont propres à cette opération.

Lorsque les peaux ont été trempées ainsi pendant trente-six à quarante-huit heures, on les étend à l'air sec ou dans un lieu chauffé par un poêle pour les faire dessécher, et on les renferme dans des caisses ou des tonneaux, et on les garde dans un endroit sec jusqu'au moment de les expédier. Si l'on devait trop tarder, il conviendrait de les exposer à la *vapeur* de la combustion du soufre, comme nous l'avons indiqué ci-dessus. Les peaux de bœufs, bouvillons, vaches, génisses, chevaux, mulets, ânes, veaux se vendent aux tanneurs et hongroyeurs; celles de chèvres, chevreaux, de moutons (tondus), d'agneaux, cerfs, biches, etc., sont achetées plus particulièrement par les mégissiers. Les maroquiniers achètent en général les plus belles parmi celles de chèvres et de moutons.

Les peaux de moutons, desquelles on n'a pas extrait la laine pour la tonte, se vendent aux négocians laveurs de laine ; celles des lapins, des lièvres, sont livrées aux chapeliers sans autre préparation que d'avoir été desséchées, étendues à l'air, le poil en dedans, et avec le soin d'éviter que le sang et tout autre liquide animal se répandent sur les poils.

La plupart des autres peaux se vendent aux fourreurs.

Graisse.

On peut retirer des animaux la graisse sécrétée dans les parties molles, ainsi que nous l'avons dit, et, en outre, une grande partie de celle que renferment les os.

Nous nous occuperons d'abord de la préparation des usages de la première, nous indiquerons ensuite le mode d'extraction et les emplois spéciaux des variétés de la seconde.

Lorsque la matière grasse a été extraite par la dissection, comme nous l'avons dit plus haut, on la taillade en petits fragmens gros comme des amandes environ ; on en remplit une chaudière ou marmite, sous laquelle on allume du feu : à mesure que la graisse fond, elle s'écoule des cellules ouvertes du tissu adipeux; la température, en s'élevant, dilate et fait crever celles que le couteau n'avait pas tranchées. A l'aide d'une écumoire, on enlève successivement les lambeaux de tissu cellulaire, en exprimant à chaque fois la graisse qu'ils recèlent encore par une pression opérée avec un corps arrondi, le fond d'une cuiller, par exemple.

Si l'on pouvait réunir de grandes quantités de matière grasse pour les fondre ainsi, il serait utile d'avoir une presse, afin d'extraire moins imparfaitement ce qui reste engagé dans ces fragmens écumés; dans tous les cas, ces derniers sont encore utilisés pour animaliser la nourriture des chiens.

Lorsque la graisse est ainsi épurée et fluide, on la décante à l'aide d'une cuiller, on la passe à travers un tamis dans un baril ou dans un pot de grès; ce dernier doit être échauffé graduellement avec les premières cuillerées qu'on y introduit, afin d'éviter qu'il ne se casse par un changement brusque de température.

Un procédé pour fondre le suif, qui est encore préférable sous le rapport de la quantité et de la qualité du suif qu'il donne, a été indiqué par M. d'Arcet; il consiste à mettre dans la chautière, outre la substance grasse, de l'eau et de l'acide sulfurique dans les proportions suivantes:

Suif...........	1500 grammes.
Eau............	750
Acid. sulfurique.	24

On fait bouillir le tout ensemble, on laisse déposer lorsque toutes les cellules sont assez attaquées, on décante l'eau à la partie inférieure ou le suif qui surnage, on passe celui-ci au tamis.

Si l'on voulait éviter les émanations très incommodes dégagées pendant cette opération, il faudrait recouvrir la chaudière d'un *chapiteau*, adapter au bec de celui-ci un *serpentin*, et opérer ainsi à vase clos la fonte du suif; on soutirerait le liquide aqueux par la vidange (ou robinet) inférieure; on enlèverait ensuite le chapiteau pour terminer l'opération, comme nous l'avons dit ci-dessus.

Ce procédé a été reconnu le meilleur de tous ceux proposés, après des expériences réitérées, par le Conseil de salubrité de la ville de Nantes.

La graisse ainsi obtenue, outre les usages alimentaires que chacun connaît, sert à plusieurs emplois spéciaux dans les arts : ainsi, lorsqu'elle offre une certaine fermeté, comme le suif des moutons, elle est très convenable pour la fabrication des chandelles, pour la préparation des cuirs hongroyés; si elle se conserve molle et presque huileuse, comme la graisse des chevaux, elle est estimée pour imprégner les harnais et les souliers, alimenter la combustion dans les lampes des émailleurs et fabricans de perles; les unes et les autres sont utilisées pour le graissage des moyeux, des roues de voitures et de diverses parties frottantes dans les machines, dans la fabrication des savons, la préparation du gaz pour l'éclairage, e[illegible] distinguera facilement dans ces applications celles qui peuvent être faites directement par les habitans des campagnes; nous indiquerons dans l'appendice les procédés peu compliqués qui multiplieront les produits applicables à leur propre consommation.

Toutes les parties creuses des os, de même que les portions spongieuses des apophyses, contiennent une matière grasse, que l'on peut en extraire en lui ouvrant un passage et la faisant liquéfier sous l'eau par la chaleur : un billot fait avec le moyeu d'une roue hors de service, une hache bien trempée, une scie à main et une chaudière ou marmite sont les seuls us-

ustensiles indispensables pour cette opération.

On coupe en tranches de deux à six lignes d'épaisseur toutes les parties celluleuses des gros os : ce sont notamment des bouts arrondis, qui se rencontrent dans les articulations ou *jointures*; le corps de l'os est concassé d'un coup de tête de la hache et laisse la *moelle* à nu; les côtes sont seulement fendues en deux, ainsi que la partie inférieure des mâchoires, ce qui ouvre un passage suffisant à la graisse logée dans une large cavité. Non seulement les os entiers que l'on a e[illegible] des animaux, mais encore ceux qui ont [illegible]pagné la viande alimentaire dans les pots-au-feu, en rôtis, etc., sont utilisés de la sorte : il est seulement indispensable qu'on évite d'attendre trop long-temps avant d'en tirer parti ; car la graisse se fixerait dans le tissu osseux, dès que celui-ci, par une dessiccation spontanée, ne serait plus imprégné de l'eau qui s'oppose à l'infiltration de cette substance grasse.

On doit traiter à part et avec plus de précaution les os qui, en raison de leurs formes, leurs dimensions, et lorsqu'ils n'ont pas été endommagés, peuvent être vendus aux tabletiers; ils se nomment os de travail : ce sont 1°. les os plats des épaules de bœufs et de vaches (ceux-ci ne doivent être divisés que dans leur bout arrondi et sur les bords également spongieux, en sorte que la plus grande de la table soit conservée intacte); 2°. les os cylindriques des gros membres de bœufs et de vaches : on en sépare, à l'aide d'une scie, les deux bouts de manière à ouvrir la cavité cylindrique qui renferme la moelle, en ménageant tout le reste du corps de l'os; les bouts séparés sont tranchés en trois ou quatre fragmens pour ouvrir les cellules.

3°. Les parties solides et les plus larges des côtes de ces mêmes animaux : on coupe, à la hache, en cinq ou six fragmens les bouts spongieux; tout le reste est réservé.

Enfin, les os de la partie inférieure des membres (jambes) des bœufs, vaches, moutons, chevaux sont encore traités chacun à part, et d'abord préparés à la scie comme les os cylindriques ci-dessus indiqués ; il n'y a même que cette espèce d'os dont on extraie la matière grasse quant aux chevaux. Tous les os ainsi préparés se traitent ensuite de la même manière que nous allons décrire. On obtient seulement des derniers, débouillis chacun séparément, des produits gras différens et plus estimés : ce sont les huiles dites de *pieds de bœufs*, de *pieds de moutons* et de *pieds de chevaux*.

On met, dans une chaudière ordinairement en fonte, de l'eau jusqu'à la moitié de sa capacité; on la fait chauffer jusque près de l'ébullition : on y ajoute des os coupés, jusqu'à ce que ceux-ci ne soient plus recouverts d'eau que d'un quart environ de la hauteur totale, à laquelle ce liquide arrive; on continue à chauffer jusqu'à l'ébullition, en remuant dans la chaudière, de temps à autre, avec une forte pelle trouée; on laisse alors en repos. La graisse continue à se dégager des cavités qui la renferment, et vient surnager à la superficie. Après environ une demi-heure, on couvre le feu, on apaise l'ébullition par une addition d'eau froide, et l'on écume avec une cuiller peu profonde, mais large (comme une petite poêle), toute la matière grasse fluide, venue à la superficie; on détermine encore un mouvement d'ébullition, on agite les os, afin que le changement de position permette à la graisse engagée dans leurs interstices de monter à la surface et d'être enlevée de même à la cuiller.

On puise ensuite tous les os avec la pelle trouée et on les jette hors de la chaudière.

On ajoute dans celle-ci une quantité d'eau correspondante à celle du liquide enlevé par l'évaporation et l'imbibition des os; on ranime le feu et l'on recommence une opération. La substance grasse ainsi obtenue est facilement épurée, comme il est dit ci-après, et suivant les usages auxquels elle s'applique.

La graisse de tous les os hachés et concassés est seulement refondue et mise immédiatement en barils, pour être livrée aux fabricans de savon. Si on veut l'appliquer à d'autres usages, tels que graissage des essieux des roues ou de pièces de mécanique, enduit des cuirs, il faut la priver de l'eau qu'elle renferme, dans la proportion de douze à vingt pour cent. A cet effet, on la tient sur un feu ménagé, jusqu'à ce qu'elle cesse de mousser et qu'elle présente une ébullition tranquille. Cette opération exige quelque attention pour éviter que le dégagement, d'abord tumultueux, de la vapeur d'eau ne fasse monter et déborder une partie du liquide ; il est convenable, pour parer à tout accident, de traiter cette matière dans une chaudière ou marmite enveloppée par la maçonnerie d'un fourneau, et munie d'un couvercle facile à poser en cas d'inflammation de la graisse.

La substance grasse, extraite des *os de pieds*, doit être fondue à petit feu et entretenue fluide jusqu'à ce qu'elle soit bien éclaircie : alors on la soutire, soit en barils, soit dans des pots ou dans des bouteilles; elle constitue en cet état, suivant son origine, l'*huile de pieds de bœufs*, l'*huile de pieds de moutons* et l'*huile de pieds de chevaux* : les deux premières sont très estimées pour adoucir les frottemens de toutes les pièces de mécaniques soignées, pour imprégner les cuirs des harnais, auxquels elle donne beaucoup de souplesse; moins sujette que toutes les autres à s'altérer à la chaleur, elle produit les plus belles et les meilleures fritures; enfin, la troisième, dite l'*huile de cheval*, est très convenable pour alimenter les lampes des émailleurs, des souffleurs d'instrumens en verre, des fabricans de perles fausses; on s'en sert pour imprégner et assouplir les peaux, etc.

Os.

Nous avons vu comment sont traitées séparément les deux sortes d'os d'où résultent les *os de travail* et les *os hachés*, les uns et les autres privés de graisse : les derniers se vendent aux fabricans de charbon animal et de produits ammoniacaux; les fermiers pourraient les utiliser directement en les réduisant en poudre grossière dans un moulin à cylindres cannelés. Cette poudre forme un excellent engrais, que l'on répand dans la proportion moyenne de quinze cents kilogrammes par hectare, et dont l'influence remarquable se fait sentir pendant trois et même cinq années successives sur le sol et les saisons ; tous les os sont, au reste, propres à cette application lorsque l'éloignement ou le manque de communications ne permet pas d'en tirer meilleur parti pour les industries que nous citons ici, et lorsque d'ailleurs on peut se procurer la machine assez dispendieuse de premier établissement et coûteuse de force motrice pour les broyer. Plus loin, j'indiquerai un moyen de faciliter cette opération.

Une troisième sorte d'os est encore mise à part sans en extraire de matières grasses. Elle comprend :

1°. Les os de têtes de bœufs, dits *canards* ;

2°. Les parties osseuses, légères, qui remplissent l'intérieur des cornes, dites *cornillons* ;

3°. Celles de même genre, qui sont insérées dans les onglons des bœufs, vaches ;

4°. Les os plats et minces des épaules de moutons ;

5°. Ceux des jambes des mêmes animaux, qui sont trop minces pour servir à la tabletterie, mais dont on a scié les bouts, afin d'en faire sortir la graisse. Tous ces os se vendent avec avantage aux fabricans de gélatine ou de colle ques, qui les traitent, soit par l'acide hydrochlorique, soit par l'eau ou la vapeur, à la température et sous la pression correspondant à deux ou trois atmosphères, suivant les procédés de M. *d'Arcet*, indiqués dans le dernier chapitre de ce Mémoire.

Chair musculaire.

L'emploi le plus avantageux que l'on puisse faire de la chair des animaux est, sans contredit, dans la nourriture de l'homme, et l'un des moyens faciles de l'employer ainsi consiste dans la salaison. A cet effet, on mettra dans un ou plusieurs vases à part, de grands pots de grès par exemple, les parties qui se gâteraient les premières : ce sont le foie, le cœur, la rate, et si on ne peut les consommer de suite, on les mettra dans un pot, en plaçant au fond un lit de sel d'abord, puis on ajoutera successivement tous les morceaux après les avoir roulés sur une table saupoudrée de sel ; on mettra encore à part et on salera de la même manière, pour être consommés, après les parties ci-dessus, la tête tranchée en deux, le cou dépecé en cinq ou six morceaux et le bout des côtes : tout le reste de l'animal sera découpé en morceaux faciles à introduire dans des pots de grès, où on les pla-

4.

cera par couches, entre lesquelles on étendra un lit de sel; on aura soin de recouvrir tous les pots le mieux possible, soit avec du parchemin, des ardoises ou des pierres plates, et on les tiendra dans un endroit frais.

Recette extrêmement facile pour utiliser un animal mort.

Le moyen suivant permettra d'employer comme nourriture les animaux morts dans les endroits même où il ne se trouvera personne capable de les dépouiller.

On commencera par ouvrir le ventre de l'animal; on en tirera tous les boyaux, que l'on utilisera pour engrais, comme nous l'avons dit plus haut; on coupera ensuite l'animal en six ou huit morceaux, de manière que chacun de ceux-ci puisse entrer dans la marmite ou le chaudron dont on pourra disposer; on remplira ce vase à moitié avec de l'eau, on le fera chauffer jusqu'à ce que l'eau commence à bouillir: alors, on mettra dedans un des morceaux de l'animal, et on laissera bouillir de nouveau jusqu'à ce que le poil puisse être arraché facilement; on retirera alors le morceau échaudé: ainsi, on aura soin d'arracher promptement les poils, en les saisissant entre la lame d'un coufleur et le pouce, puis en retirant ensuite avec le même couteau.

Chaque fois que l'on retirera un morceau, il faudra ajouter un peu d'eau pour remplacer celle qui s'est évaporée, et attendre qu'elle soit bouillante pour remettre un autre morceau.

Lorsqu'on aura échaudé de cette manière tous les morceaux de l'animal, on pourra saler encore ceux-ci pour les conserver, ou les faire cuire à l'étouffé, comme nous l'avons dit, pour les employer pendant quelques jours à la nourriture des chiens, des porcs et des poules.

L'eau dans laquelle on aura fait bouillir toutes les parties de l'animal pour les échauder devra être passée dans un linge clair, afin d'en séparer les poils et être mêlée ensuite avec du son, des recoupes, etc., pour servir à la nourriture des cochons.

Lorsque la peau d'un animal aura été endommagée, ou ne sera pas vendable aux tanneurs, soit à cause de l'éloignement, ou par tout autre motif, on en pourra tirer parti en l'échaudant, comme nous venons le dire, pour en séparer tous les poils, la coupant ensuite en morceaux très menus, et la faisant cuire à petit feu dans six ou huit fois son volume d'eau (deux ou trois litres d'eau pour une livre de peau ainsi coupée); au bout de sept à huit heures de cuisson, on ajoutera du sel et l'assaisonnement, puis on passera le liquide au travers d'une toile claire. Ce liquide, refroidi, formera une gelée très nourrissante et agréable à manger. Les morceaux de peau restés dans la toile pourraient être arrangés en ragoût de diverses manières ou mêlés à la nourriture des animaux.

Un excellent moyen de conserver soit le liquide gélatineux obtenu de la cuisson des os, des viandes ou des peaux, soit les viandes bien cuites et hachées, soit, enfin, le sang, consiste à mélanger ces substances, suffisamment salées, dans la pâte du pain. Le lendemain de sa cuisson, on coupera ce pain en tranches de six lignes à un pouce d'épaisseur, et on enfournera de nouveau ces tranches dans un four dont on viendra de tirer du pain, et dont on laissera la porte ouverte, afin de faciliter le dessèchement. Ces tranches, bien desséchées, se conserveront dans des barils tenus au grenier : on formera ainsi un très bon approvisionnement, soit pour les hommes, soit pour les animaux; il est inutile d'ajouter que, relativement à ces derniers, on emploiera, dans la confection de la pâte, la farine la moins chère ou même des recoupes.

Pour faire usage de ce pain, on le détrempe dans l'eau, qu'on fera chauffer de manière à obtenir une soupe de consistance ordinaire.

Il est nécessaire de séparer le plus complétement possible la graisse des substances que l'on veut incorporer ainsi dans la pâte du pain, afin d'éviter le goût de rance qu'elles contracteraient.

On peut faire cuire au four les morceaux de viande après lesquels on a laissé la peau sans même en extraire les poils. Dans ce cas, on se contente d'échauder (ou laver à l'eau bouillante) le côté garni de poils : on pose le morceau sur ce côté dans un plat de terre, de fonte ou de tôle ; on ajoute la quantité d'eau qui pourra s'évaporer, puis on le fait cuire dans un four à pain ou sous un couvercle chargé de braise, ou, encore, dans une marmite en fonte, recouverte d'une cloche, et placée devant le feu.

Ce mode de cuisson donne une sorte de rôti d'autant plus savoureux que la peau s'oppose à la sortie du jus ; celui-ci reste donc en plus grande abondance dans la viande après la coction ; il la rend plus sapide et plus tendre.

Outre un grand nombre d'exemples que nous pourrions citer, comme témoin oculaire, de bœufs, vaches, moutons, chevaux, chiens, rats, et même fouines (1), morts accidentellement ou d'une maladie aiguë très courte, qui ont servi d'alimens à des ouvriers sans que jamais il en soit résulté le moindre accident fâcheux : nous rappellerons qu'il résulte d'un travail récemment publié par le Conseil de salubrité, que dix-neuf chevaux par semaine et un grand nombre de chiens et de chats équarris à Montfaucon, et pour lesquels le genre de mort n'est pas pris en considération, sont destinés très probablement à la nourriture des hommes; qu'il est notoirement connu que du même établissement d'équarrissage, où l'on abat annuellement plus de dix mille chevaux amenés de Paris et de plusieurs lieues à la ronde, il sort journellement une grande quantité de chair musculaire employée à nourrir des chiens et des chats; que tous les chiens de l'établissement dit *Combat du Taureau* et les animaux carnassiers du Mu-

(1) Ce dernier animal seul développe une odeur désagréable, musquée, tellement forte, que les épices et les aromates ne la peuvent masquer. Il est donc probable qu'un dégoût invincible empêcherait le plus grand nombre d'en manger; deux faits positifs nous donnent d'ailleurs la certitude qu'aucun autre inconvénient ne serait à redouter de l'usage de cette viande comme substance alimentaire.

ciens d'histoire naturelle ne reçoivent pas d'autres alimens ; que dans les camps (M. *Larrey* en a cité divers exemples), dans les temps de disette, etc., on a fait usage comme d'une substance alimentaire d'animaux morts de fatigue, d'épuisement et même de diverses maladies ; qu'enfin, il arrive fréquemment que pour éviter de perdre des animaux de boucherie qui succombent avant d'arriver aux abattoirs, leurs propriétaires les saignent et les dépècent en secret, puis en livrent la viande à la consommation.

Enfin, peut-on être assuré que, dans les abattoirs même de Paris, tous les animaux soient bien portans au moment où ils vont être abattus, lorsque, déjà très fatigués, ils restent souvent trois ou quatre jours sans recevoir aucune nourriture (1) ?

Un plus grand nombre de faits serait-il nécessaire pour établir d'une manière certaine qu'en toutes circonstances la chair musculaire peut sans danger servir d'aliment aux hommes ?

---

(1) Nous rappellerons ici le fait cité au commencement de ce mémoire, et peut-être le plus concluant de tous, observé par M. *Huzard*, sur l'emploi d'animaux morts de maladies *charbonneuses*, pour la nourriture des hommes, sans qu'il en soit résulté aucun accident fâcheux.

On ne saurait, au reste, accumuler trop de notions positives sur cette question, l'une des plus belles qui puissent se rencontrer relativement à l'hygiène publique.

Malgré les faits concluans que nous avons cités plus haut, long-temps encore la répugnance habituelle prévaudra pour s'opposer à l'emploi des viandes de certains animaux comme alimens des hommes. Il est donc utile d'indiquer d'autres moyens d'en tirer parti, soit en les appliquant à la nourriture des animaux, soit en les destinant à servir de matière première pour différens arts industriels.

Des essais réitérés sur la chair des chevaux les plus maigres et qui avaient succombé à un état maladif bien marqué, nous donnent la conviction que l'on ne court aucun risque, et que l'on recueillera au contraire des avantages certains en animalisant la nourriture des animaux de basse-cour avec cette viande cuite et légèrement salée : à cet effet, on la coupe en tranches, on la place dans l'eau, et l'on maintient celle-ci à l'ébullition pendant trois ou quatre heures dans une chaudière recouverte, dont la vapeur ne s'échappe qu'avec peine, le couvercle étant chargé d'un poids et posé sur un bourrelet de vieux linge.

Il n'y a aucun danger d'explosion dans ce

mode de coction, connu des gens de campagne sous le nom de *cuisson à l'étouffée* (1).

La viande est alors facile à diviser à l'aide d'un couteau, d'un hachoir, etc. Mélangée avec trois ou quatre fois son volume de pommes de terre cuites et de recoupes, auxquelles on peut ajouter l'eau employée pour la coction, elle constitue une excellente nourriture pour les chiens, les porcs et les oiseaux de basse-cour; simplement émiée et mêlée avec deux ou trois fois son volume de grain, les poules la mangent avidement; ce régime paraît les exciter à pondre, du moins trois essais à des distances éloignées ont donné ce résultat.

La viande ainsi cuite et divisée que l'on ne se déciderait pas à donner aux animaux, formerait l'un des meilleurs engrais. Pour en faire usage, on la mélange le plus intimement possible avec huit ou dix fois son poids de terre du champ, afin de la répandre en petite quantité et bien également sur les terres emblavées.

(1) Le degré de cuisson utile pour rendre la viande suffisamment friable s'obtient très facilement, à l'aide de *la vapeur*, sous une pression de deux atmosphères; l'appareil que nous décrirons plus loin pour l'extraction de la gélatine des os serait également propre à cet usage.

Cet engrais, mis à la main près du pied de la plupart des plantes potagères et de grande culture, des vignes, pommes de terre, betteraves, etc., sans être en contact avec *la tige*, active la végétation d'une manière remarquable.

On pourrait, relativement à cette application, se dispenser d'opérer une cuisson préalable si la division, à l'aide d'un instrument tranchant quelconque (couteau, couperet, hachoir, etc.), n'en devenait beaucoup plus pénible.

De la viande en différens états, mêlée à de la terre, du fumier, de la paille de litière, puis consommée spontanément à différens degrés jusqu'en terreau, comme l'ont conseillé quelques agriculteurs, a perdu, d'après des essais concluans, jusqu'au 0,9 de la quantité réelle de matière animale qu'elle représentait, et sa qualité ou valeur, comme engrais, s'est réduite sensiblement dans la même proportion. Cette observation, au reste, s'applique à toutes les sortes d'engrais dont j'ai été à portée d'étudier la composition et les effets ; j'ai consigné ce résultat général dans l'article ENGRAIS du *Dictionnaire technologique*. Il serait à désirer que des agronomes instruits s'occupassent de vérifier cette importante donnée, qu'il sera alors impossible de refuser d'admettre.

De quelque manière que l'on ait fait cuire et divisé la viande, on pourra la rendre susceptible d'une longue conservation en la faisant ensuite dessécher le plus possible au four ou sur des plaques en fonte ou en tôle chauffées avec précaution, et, dans tous les cas, en la remuant sans cesse.

Cette opération, utile soit pour expédier au loin, soit pour conserver une provision disponible dans les momens opportuns, permet de porter plus loin la division : il suffit, en effet, alors de broyer cette matière, devenue friable, sous le pilon ou dans un moulin à meules verticales, ou même à l'aide d'une batte en bois comme on écrase le plâtre (1).

La chair divisée à ce point se mêle mieux aux alimens des animaux : on peut la semer comme du grain, à la volée, pour l'engrais des terres, qu'elle fertilise extraordinairement.

---

(1) Une partie des tendons intercalés dans la chair, ainsi que les cartilages, résistent à ces moyens de pulvérisation. Il est facile de les séparer à l'aide d'un crible : on peut les réserver pour être vendus aux fabricans de bleu de Prusse, ou parvenir à les diviser pour les utiliser comme engrais, en les faisant dessécher de nouveau dans le four jusqu'au point où, légèrement torréfiés, ils deviennent friables.

Nous nous sommes assuré, par des essais comparatifs, que cette substance est sensiblement préférable comme engrais au sang sec en poudre, et déjà ce dernier, préparé par M. *Derosne*, est reconnu si utile à la végétation des cannes à sucre que, depuis peu, on l'expédie de Paris, avec une valeur de vingt francs les cent kilogrammes, aux colonies, où il arrive coûtant quarante francs; ce prix élevé n'a pas empêché une vaste spéculation de se fonder sur ces bases.

A l'état sec, la viande peut aussi être vendue aux fabricans de bleu de Prusse, de prussiate de potasse, de produits ammoniacaux, comme matière première.

Cette destination peut faire utiliser les chairs qui auraient déjà éprouvé un commencement de putréfaction et leur donner une valeur de dix à quinze francs les cent kilogrammes; on les fait aisément dessécher, en même temps que l'on arrête les progrès de leur altération putride, en les taillant en lambeaux minces, que l'on immerge aussitôt dans un fort lait de chaux pendant huit ou dix jours, et que l'on étend écartés à l'air sur des cordes, ou suspendus à des branchages dans un endroit exposé au vent.

Pour être plus assuré d'une complète conservation, il serait bien d'achever la dessiccation dans un four après la cuisson du pain, en les remuant de temps à autre, à l'aide d'un râble ou fourgon : dans cet état, la viande sèche peut être fortement entassée dans des tonneaux et expédiée au loin.

Tendons.

Ces parties des animaux destinées à la fabrication de la colle-forte se préparent comme tous les débris qu'on peut leur assimiler pour cet emploi : tels sont les rognures de peaux, les oreilles, pénis, pattes de chats, de chiens, etc.

On fait un lait de chaux, comme nous l'avons dit pour les peaux des tanneurs, et on y plonge ces matières en agitant tout le mélange dans un baquet, un tonneau, une fosse glaisée, etc. Après huit à quinze jours de macération, on les retire pour les faire sécher; on pourrait les conserver plus de quatre mois dans le lait de chaux, en renouvelant l'eau seulement une fois tous les quinze jours, et les remuant de temps à autre.

Lorsque ces matières sont exemptes de chair et bien sèches, leur valeur varie, suivant les localités et le choix, entre quarante et soixante francs les cent kilogrammes; on en consomme dans le département de la Seine près de cinq cent mille kilogrammes, chaque année, pour la fabrication de la colle-forte. On peut les emmagasiner dans un grenier et les expédier à volonté dans des sacs ou balles de toile grossière ou divers tissus hors de tout autre service.

Les tendons récemment extraits des animaux abattus seraient employés plus utilement encore comme substance alimentaire. L'une des méthodes les plus simples consiste dans leur transformation en gelée. A cet effet, on les coupe en tranches minces avec un couteau bien aiguisé, ou, mieux encore, on les hache menu; on les met ensuite dans une marmite avec huit ou dix fois leur poids d'eau et quelques carottes; on fait chauffer pendant six à huit heures, à la température voisine de l'ébullition, comme un pot-au-feu : au bout de ce temps, on assaisonne avec la quantité convenable de sel et de poivre; on jette sur un tamis clair et on laisse en repos, dans un endroit frais, le liquide passé; il se prend en une gelée savoureuse, nourrissante, et constitue l'un des alimens les plus salubres qu'on puisse se procurer.

Sang.

Cette substance, dont on ne tire généralement aucun parti relativement à la plupart des animaux tués dans les campagnes, et même dans les boucheries isolées et quelques abattoirs publics, est cependant une de celles qui peuvent être le plus facilement applicables aux besoins de toutes les localités.

Le sang des animaux qui périssent de mort violente, et probablement même de ceux qui meurent de maladie, peut former un aliment salubre et substantiel, tout aussi bien que celui de cochon, auquel cet emploi est exclusivement réservé dans notre pays.

On prépare en Suède, pour les gens peu fortunés, un pain très nutritif avec le sang des animaux de boucherie et la pâte ordinaire de farine de blé; il n'y aurait pas plus d'inconvénient à destiner au même usage le sang de la plupart des autres animaux; mais, dans tous les cas, pourquoi ne consacrerait-on pas à la nourriture des animaux de basse-cour un pain de cette sorte? Il suffit pour le préparer d'apprêter la pâte comme à l'ordinaire, en employant, au lieu d'eau, un mélange liquide de moitié eau, moitié sang. Cette sorte de pain, coupé en tranches et desséché au four, constitue une très bonne matière d'approvisionnement et permet de tirer parti d'une grande quantité de sang dont on pourrait disposer à la fois.

Il est toujours préférable de se servir, pour cette

préparation, de sang frais ; mais y employât-on même du sang un peu fermenté, il n'en résulterait pas plus d'accidens que de la clarification du sucre opérée avec du sang corrompu ; car les gaz de la putréfaction se dégagent, par la température élevée de la cuisson, du pain, comme dans l'évaporation des sirops.

Le sang, en quelque état qu'il se trouve et de quelque animal qu'il provienne, offre aux habitans des campagnes une précieuse ressource comme engrais, et déjà, sous ce rapport, il a formé, comme nous l'avons dit plus haut, la base d'une spéculation importante à Paris : par suite, la certitude est acquise dans cette ville que la valeur du sang, comme engrais, suffit pour donner des bénéfices après avoir compensé les frais, 1°. d'une adjudication élevée ; 2°. de la main-d'œuvre coûteuse pour le recueillir ; 3°. des transports des différens abattoirs en un seul établissement ; 4°. du combustible très cher dans cette localité pour opérer son desséchement ; 5°. de la puissance mécanique et de la main-d'œuvre pour le réduire en poudre ; 6°. des embarillages, et enfin des transports par terre jusqu'à la Seine, par eau jusqu'au Havre, et par mer jusqu'aux colonies.

Il résulte de toute cette opération que les colons doivent payer à Paris le sang sec vingt francs les cent kilogrammes, il leur en coûte au moins autant de transports et frais divers; et ils trouvent encore un grand avantage à fumer leurs terres avec cette substance; elle doit donc représenter au moins une valeur de cinquante francs les cent kilogrammes (1).

Les gens des campagnes profiteront de tous les avantages possibles qu'offre ce riche engrais, sans qu'il leur en coûte rien autre chose qu'une peine légère et l'emploi d'un temps souvent inoccupé. Ils recueilleront dans un vase quelconque tout le sang écoulé par une saignée et celui qu'ils trouveront coagulé dans l'intérieur du corps; ils le mélangeront le plus intimement possible à la pelle avec environ huit fois son volume de terre sèche.

Cette composition, répandue dans la proportion d'un demi-kilogramme par mètre de superficie, procurera une excellente fumure.

Peut-on croire que les agriculteurs ne s'em-

---

(1) Les raffineries de Paris consomment annuellement environ un million cent mille kilogrammes de sang frais, qu'ils paient cinq francs cinquante centimes les cent kilogrammes : trois cent mille kilogrammes de sang provenant des mêmes abattoirs sont desséchés et réduits en poudre, puis expédiés aux colonies pour servir d'engrais dans la culture des cannes à sucre.

presseront pas d'adopter une méthode aussi simple, lorsqu'on pense qu'avec le sang d'un cheval, ou d'une vache, ou d'un bœuf, c'est à dire vingt à vingt-cinq kilogrammes de ce liquide, ils pourront obtenir cent soixante à deux cents kilogrammes de mélange, avec lesquels ils fertiliseront trois cent vingt à quatre cents mètres de superficie, et cinq à six cents mètres, ou environ le tiers d'un arpent, terme moyen, en y ajoutant les vidanges des boyaux?

Si l'on voulait mettre en réserve le sang, afin de choisir les temps les plus opportuns pour son emploi, il faudrait le faire dessécher par l'un des deux procédés suivans. Nous indiquerons, dans le dernier chapitre, un quatrième procédé, qui exige plus de soins et permet d'appliquer le sang desséché à la clarification des sirops et des vins.

On fait dessécher au four, immédiatement après la cuisson du pain, de la terre exempte de mottes, que l'on a soin de remuer de temps à autre au moyen du râble, il en faut environ quatre à cinq fois plus que l'on n'a de sang liquide; on tire sur le devant du four cette terre toute chaude, et on l'arrose, en la retournant à la pelle, avec le sang à conserver; on renfourne de nouveau le mélange et on l'agite avec le râble, jusqu'à ce que la dessiccation soit complète; on peut alors mettre le tout dans de vieux barils ou caisses, à l'abri de la pluie, pour s'en servir au besoin : il serait superflu d'ajouter que la quantité de ce mélange, propre à l'engrais d'une surface donnée, est d'environ moitié moindre que celle de la première composition, puisque la quantité de sang qu'elle renferme est à peu près double, et que la terre est utile seulement pour présenter le sang dans un état de division convenable.

Le troisième procédé consiste à mettre dans une chaudière en fonte une quantité de sang suffisante seulement pour y occuper une hauteur de trois ou quatre pouces, chauffer jusqu'à l'ébullition, en agitant sans cesse avec une spatule en fer, une petite pelle ou tout autre outil analogue.

Le sang ainsi traité se sépare en deux parties, l'une liquide, dans laquelle l'autre se coagule en gros flocons (1); ceux-ci perdent peu à peu la plus grande partie de l'eau qui les mouille et se divisent de plus en plus par l'agi-

(1) Cette coagulation, déterminée par la chaleur, rend plus lente et plus régulière la décomposition du sang dans la terre ; en sorte qu'il fournit un engrais préférable à celui que donne le sang liquide.

tation continuelle qu'on leur fait éprouver lorsque le sang est ainsi réduit en une matière pulvérulente humide ; on peut achever la dessiccation en modérant le feu et remuant sans cesse, ou retirer cette substance et la faire dessécher complétement en l'agitant sans cesse sur la sole du four après la cuisson du pain. Il convient alors d'augmenter la division en l'écrasant le plus possible à l'aide d'une batte, ou, mieux, sous la roue d'un manége; 100 kilogrammes de sang en cet état équivalent, comme engrais, à trois cents kilogrammes d'os concassés ou six voies de bon fumier de cheval pesant ensemble sept mille deux cents kilogrammes : c'est un engrais de beaucoup supérieur à tous ceux connus et désignés sous les noms de poudrette, tourteaux, etc.; il ne le cède qu'à la viande séchée, mise en poudre.

On met le sang sec en barils, caisses ou sacs, que l'on conserve dans un lieu à l'abri de l'humidité; on en fait usage pour l'engrais des terres ou pour nourrir les animaux de la même manière que de la viande hachée et desséchée, dont nous avons parlé plus haut.

Issues, vidanges et déchets des boyaux.

Toutes les parties internes des animaux, telles que le foie, les poumons, la cervelle, le cœur, ainsi que les déchets de boyaux, doivent être hachées le plus menu possible, puis mélangées avec la vidange des intestins et de la terre sèche, celle-ci dans la proportion de huit fois le volume des matières animales; lorsque cette composition est bien malaxée à la pelle, on la répand sur les sols à fumer dans la proportion d'un kilogramme par mètre de superficie.

Cet engrais donne de très bons résultats; il est notamment très favorable à la végétation du blé. Si l'on ne pouvait pas le répandre immédiatement après la préparation, il faudrait le conserver dans une fosse ou tout autre endroit frais, et, dans tous les cas, recouvert de terre.

Nous ne conseillons pas de faire dessécher les matières animales qui entrent dans cette composition, parce que cela offrirait d'assez grandes difficultés relativement aux vidanges des intestins, qu'une partie des produits gazeux de la fermentation déjà commencée dans les déjections serait perdue et infecterait jusqu'à une grande distance les endroits où l'on voudrait opérer cette dessiccation ; quant aux déchets de boyaux, foie, poumons, cœur et cervelle, ils peuvent sans inconvéniens être desséchés de la même manière que la viande (voyez les procédés décrits plus haut), et donner une substance presque d'égale valeur pour les mêmes emplois.

Boyaux.

Les *intestins grêles* ou boyaux longs et droits, ainsi que les *cœcums* ou boyaux courts, naturellement fermés d'un bout, les uns et les autres provenant des bœufs, vaches, moutons, chevaux servent à la fabrication des *boyaux insufflés* que l'on exporte en Espagne, de la *baudruche* que les batteurs d'or emploient, des *cordes harmoniques*, des *cordes à mécaniques*, des *cordes à raquettes* et *à fouets*, des cordes dites d'*arçon*, etc. On ne peut se livrer à ces industries que dans les localités où se rencontrent un assez grand nombre d'animaux abattus pour alimenter constamment le travail de plusieurs ouvriers ; mais partout on peut s'occuper utilement de préparer les boyaux, de manière seulement à ce qu'ils puissent être transportés jusqu'aux établissemens qui doivent les utiliser (1).

Dès qu'un animal est mort et qu'on a enlevé sa peau, comme nous l'avons indiqué, on doit se hâter de vider les boyaux désignés ci-dessus et de les plonger dans l'eau fraîche, afin de les bien rincer; on enlève ensuite la graisse restée adhérente, en les raclant légèrement avec un couteau, afin d'éviter de les couper.

Pour faciliter cette opération relativement aux grands boyaux, on attache un bout de quatre à cinq pieds à un bâton fixé horizontalement à six pieds de hauteur au dessus du sol, et lorsque ce bout est dégraissé on le fait descendre en le

(1) Aujourd'hui, la plus grande partie des boyaux de six cent mille moutons et agneaux et de cent dix mille bœufs et vaches, abattus durant le cours d'une année dans le département de la Seine, sont utilisés pour ces différentes préparations et produisent une valeur d'environ six cent cinquante mille francs. Cette valeur pourrait être triplée sans que les débouchés manquassent, si les matières premières, conservées par une légère salaison ou le soufrage que nous avons indiqués, y affluaient des départemens voisins.

A Nevers et dans le département du Puy-de-Dôme, on exerce les mêmes industries, et le manque de matières premières s'y fait ressentir plus fortement encore.

remplaçant par la portion suivante du même intestin, et ainsi de suite, jusqu'à ce que toute la longueur ait subi cette sorte de nettoyage.

On rince encore les boyaux, on les passe entre les doigts en les comprimant, afin de faire sortir le plus d'eau possible; on les étend sur des cordes pour les faire sécher. Lorsque leur dessiccation est à demi opérée, on les expose, dans une chambre close, au gaz du soufre en combustion, comme nous l'avons indiqué plus haut; on les étend de nouveau pour achever de les faire sécher, on les plie tandis qu'ils sont encore souples; on les expose une seconde fois à la vapeur du soufre, et on les emballe dans des caisses pour les expédier.

Les acheteurs ne manqueront pas pour cette matière première, que nos fabricans font venir en grande quantité de l'étranger, ne pouvant s'en procurer assez en France.

Les pis de vache coupés au rez de la tétine, et préparés de la même manière, peuvent se vendre aux personnes qui s'occupent de fabriquer des biberons pour l'allaitement artificiel. Ces ustensiles, en usage dans Paris, sont fort commodes et susceptibles d'être mis à la portée des gens des campagnes, en mettant moins de luxe dans leur construction, et réduisant ainsi les prix de vente. Les paysans pourraient les arranger eux-mêmes en laissant tremper pendant quarante-huit heures les bouts de tétine (après le soufrage) dans une solution saturée d'alun, les faisant dégorger à l'eau, puis les attachant par une ligature serrée autour du goulot d'un flacon perforé d'un petit trou latéralement.

Les intestins et leurs débris, ainsi que la chair musculaire et toutes les issues, excepté la vidange, peuvent encore être utilisés, durant tout le cours de l'été, par le développement de ces larves désignées sous le nom de *vers blancs* ou *asticots* dans les localités où les pêcheurs à la ligne, qui s'en servent pour amorcer le poisson blanc et garnir leurs hameçons, en font une consommation assez grande, ou lorsqu'on peut les envoyer aux personnes qui s'occupent d'élever et de nourrir des faisans ou des poissons; ces vers peuvent être employés à la nourriture des poules et autres oiseaux de basse-cour, en ayant le soin de leur donner alternativement des alimens végétaux; ils favorisent singulièrement le développement des dindons, petits poulets, et de tous les jeunes oiseaux élevés dans les basses-cours, et remplacent, avec des avantages marqués, les œufs de fourmi pour cet usage, de même que pour élever les perdreaux, les petites cailles, les rossignols, les fauvettes. Voici comment on favorise la production de ces vers à Montfaucon près Paris.

On forme sur la terre une couche de détritus des boyaux, d'autres issues et de viande, ayant de cinq à six pouces d'épaisseur : on la recouvre de paille posée légèrement et en petite quantité seulement, dans le but de défendre de l'ardeur du soleil la superficie des matières animales.

Bientôt les mouches (1), attirées par l'odeur, s'abattent sur la paille, qu'elles traversent pour aller déposer leurs œufs à la surface des débris des animaux.

Quelques jours après, on trouve à la place des matières étalées une masse mouvante d'asti-

(1) Ce sont plus particulièrement les insectes désignés par les naturalistes sous les noms de *musca cæsar, musca carnaria, musca vivipara;* la dernière dépose sur les substances animales des larves toutes formées; les autres, des œufs que la température douce de l'air fait éclore.

On dépèce annuellement à Montfaucon de dix à douze mille chevaux.

cuis, mêlés d'un résidu semblable au terreau ; on sépare à la main quelques lambeaux de matières animales ; on emplit à la pelle des sacs de ces vers, qui s'expédient ainsi et se vendent à la mesure.

A Paris, le boisseau (équivalant à un huitième d'hectolitre) d'asticots est vendu de quatre à six francs pour les faisanderies. Cette sorte de fabrication est devenue si lucrative par la consommation de tous les produits, que l'on y consacre, depuis l'année dernière et durant les saisons favorables, presque la totalité des chairs et issues des chevaux abattus pendant ce laps de temps.

Les *asticots* remplacent avec beaucoup d'avantage les œufs de fourmi non seulement pour les jeunes faisans, mais encore pour élever les dindons, petits poulets et divers autres oiseaux domestiques (1).

On élève également très bien avec ces petits

(1) Il ne conviendrait pas d'en nourrir exclusivement les poules pondeuses, leurs œufs pourraient contracter un mauvais goût. Cet inconvénient n'est pas à craindre si l'on a le soin d'y mêler des graines ou autres alimens végétaux.

vers les rossignols, fauvettes et autres oiseaux qui se nourrissent d'insectes.

Les pêcheurs à la ligne en font une grande consommation dans certaines localités, et les paient souvent assez cher.

Un des emplois les plus utiles que l'on puisse faire des asticots consiste à les donner aux poissons des étangs; ceux-ci se développent et s'engraissent très promptement avec cette nourriture. On peut obtenir ainsi deux et trois fois plus de poissons dans le même étang et huit à dix fois plus de produits; car le défaut seul de nourriture diminue le nombre de poissons, lorsque parmi eux il ne s'en trouve pas de voraces, et qu'ils sont à l'abri des différens animaux ichthyophages.

Afin de fixer les idées sur les avantages que les habitans des campagnes peuvent réaliser en utilisant les animaux morts, nous présenterons comme exemple le tableau de la valeur acquise au cadavre d'un cheval de volume moyen par les plus simples préparations parmi celles qui sont indiquées dans le cours de ce mémoire.

Nous avons mis en regard dans le tableau la valeur des mêmes parties extraites d'un cheval de taille un peu plus forte et en bon état, comme il s'en trouve dans les campagnes un grand nombre qui périssent par accident. Les poids de ces cadavres ont été déduits d'un assez grand nombre, que nous avons eu l'occasion de recevoir de Montfaucon pour des essais sur l'*adipocire* (1) ; la valeur assignée aux divers produits est celle qu'ils auraient, terme moyen, à quelques lieues de Paris, soit consommés sur

(1) Si, comme cela est très probable, d'après les recherches de M. *Chevreul,* les procédés suivis pour obtenir cette substance n'ont pour effet que d'entraîner en dissolution, par une macération prolongée, toutes les parties étrangères aux corps gras, on doit craindre que la proportion préexistante de ces derniers ne soit trop faible pour que leur valeur puisse compenser les frais et donner des bénéfices ; d'ailleurs on perdrait ainsi tous les tendons, le sang engagé dans la chair musculaire et celle-ci elle-même : c'est dans ce sens que nous croyons avoir résolu ce problème par des essais fort longs et dispendieux (chaque macération durant de quinze à dix-huit mois), auxquels nous nous sommes livré depuis plusieurs années.

La dernière opération, que nous avons faite avec tous les soins possibles, nous a donné encore le même résultat; l'extraction de l'*adipocire* ne nous paraît donc pas devoir donner lieu à une industrie profitable.

place, soit vendus dans cette ville. Le plus grand nombre des localités de la France en relation avec des villes ou des ports de mer seraient à peu près dans les mêmes conditions, et presque toutes les autres en recueilleraient des avantages équivalens par la consommation directe.

Le dépeçage de ces deux sortes de chevaux a donné, en matières fraîches, les quantités moyennes suivantes obtenues de six opérations semblables.

	CHEVAL de volume moyen.		CHEVAL en bon état.	
	kil.	gr.	kil.	gr.
Peau	34	»	37	»
Sang	18	500	20	810
Crins courts et longs	»	100	»	220
Fers et clous	»	450	1	800
Sabots	1	500	1	860
Viscères et issues, boyaux, foie, cervelle, etc.	36	»	39	»
Tendons	2	»	2	100
Graisse	4	150	31	500
Chair musculaire (viande)	164	»	203	»
Os décharnés complétement après cuisson.	46	»	48	500
POIDS TOTAUX DES CADAVRES	306	700	385	790

Tableau des produits obtenus des matières fraîches par les plus simples opérations.

	CHEVAL de volume moyen.						CHEVAL en bon état.					
	Poids en kil.		Prix du kil.		Valeur en fr.		Poids en kilogr.		Prix du kilogr.		Valeur en fr.	
	kil.	gr.	fr.	c.	fr.	c.	kil.	gr.	fr.	c.	fr.	c.
Peau fraîche ou passée dans un lait de chaux léger.	34	»	»	40	13	60	37	»	»	50	18	50
Crins courts et longs (1).	1	»	1	»	»	10		220	1	40	»	30
Sang cuit et pulvérulent calculé, soit en raison de la quantité de nourriture qu'il remplace pour les chiens ou les poules, soit comme engrais..........	9	»	»	30	2	70	10	»	»	30	3	30
Fers et clous.............	»	450	»	50	»	22	1	800	»	50	»	90
Sabots supposés réduits en râpure...............	1	500	1	20	1	80	1	860	1	20	2	23
Viscères et issues employés à faire naître des asticots pour l'engrais des volailles (2), ces vers comptés pour leur équivalent en nourriture des poules.	8	»	»	20	1	60	9	»	»	20	1	80
Vidange des boyaux comme fumure..........	20	»	»	05	1	»	22	»	»	05	1	10
Tendons trempés dans un lait de chaux et desséchés.	»	500	»	60	»	30		525	»	60	»	31
Graisse fondue........	4	150	1	20	4	98	31	5	1	20	37	80
Chair musculaire cuite et divisée pour servir de nourriture aux poules, chiens, etc., ou comme engrais approprié aux cultures lucratives.........	100	»	»	35	35	»	130	»	»	35	45	50
Os bien décharnés pour le noir animal............	46	»	»	05	2	30	48	5	»	05	2	42
Valeur totale des produits.					63	60					114	16

(1) Leur valeur est très variable en raison de la proportion de crins longs, qui seuls ont du prix pour la confection des étoffes.

(2) On peut, sans peine cependant, mettre à part les intestins grêles et les faire sécher pour la fabrication des cordes à mécaniques, rouets, etc., et en tirer ainsi plus de profit.

Les frais de préparation de ces matières premières se réduisent à la valeur d'une faible quantité de combustible, qui, d'ailleurs, dans les temps froids, est encore utilisée pour le chauffage ; du reste, ils se composent seulement de main-d'œuvre, et il y a dans les campagnes une si grande quantité de temps perdu ou laissé aux dangers de l'oisiveté pour les enfans et les jeunes gens durant les soirées d'hiver et les intervalles où les champs réclament peu de soins, que des occasions de travail utile sont plutôt des bienfaits que des charges onéreuses.

C'est donc environ une valeur de soixante francs, au moins, que pourraient trouver les gens des campagnes dans le dépécement d'un cheval ; et combien de fois n'ont-ils pas ignoré qu'en prenant si peu de peine ils auraient pu en tirer des produits équivalens à une centaine de francs ! Un bœuf, une vache, dont le poids s'élève souvent jusqu'à quatre cents kilogrammes, leur donneraient plus de profit encore, et nous pourrions démontrer que le dépécement de la plupart des animaux moins volumineux (1) offrirait aussi des résultats fort utiles.

---

(1) L'an dernier, aux portes de Paris, où la main-d'œuvre se paie un prix élevé, des ouvriers équarrisseurs

CHAPITRE IV.

MOYENS SECONDAIRES A LA PORTÉE DES GENS DE CAMPAGNE DE MIEUX UTILISER LES DÉBRIS DES ANIMAUX.

Ainsi que nous l'avons annoncé, nous donnerons dans ce chapitre quelques détails relatifs à plusieurs opérations susceptibles d'être faites dans les campagnes et d'augmenter l'importance du parti qu'on peut tirer des animaux morts.

Nous ferons voir, par des renseignemens exacts sur les importations des matières animales et de leurs produits, combien il est utile d'éviter la déperdition de ces substances.

---

de Montfaucon trouvèrent de l'avantage à dépouiller les rats et faire sécher leurs peaux, pour les vendre à trois francs soixante-quinze centimes le cent aux fourreurs. Les taupes ont offert souvent un produit supérieur ; leurs peaux se sont vendues jusqu'à dix francs le cent.

On sait que, dans les mêmes clos d'équarrissage de Paris, on utilise la peau, la graisse et souvent même la chair des chiens et des chats. Ces établissemens, toutefois, sont dirigés avec une telle incurie et si peu d'intelligence des procédés industriels, que nous nous gardons bien de les exposer comme modèles. (Voir le *Rapport du Conseil de salubrité de Paris sur l'équarrissage en* 1826.)

Cornes.

On peut comprendre sous ce nom toutes les parties des extrémités dont la matière est identique, ou dont la composition chimique est la même, quoique les dimensions et la couleur en fassent beaucoup varier les prix : cette première remarque explique comment, en certaines circonstances, on peut changer les conditions défavorables à la vente.

Ainsi, les menus ergots, les fragmens de cornes, de sabots et d'ongles, trop peu volumineux pour être employés entiers et même pour être saisis et réduits en râpures, se vendent à des prix peu élevés pour engrais (1) ou pour la fabrication du bleu de Prusse.

---

(1) C'est surtout dans plusieurs contrées vignobles du midi de la France qu'on fait usage de ces matières ; elles s'y vendent de dix à vingt francs les cent kilogrammes. Il est probable que la chair musculaire desséchée et peut-être aussi le sang produiraient des effets au moins aussi bons ; il conviendrait d'en mettre moins à la fois et de renouveler plus souvent cet engrais, en raison de sa décomposition plus facile, et par conséquent de l'assimilation plus prompte de ses produits par les plantes. Dans tous les cas, le moment le plus favorable à l'emploi de ces excellens engrais est aux approches d'une

On parviendra facilement à tirer parti de ces débris en les nettoyant à l'eau froide, les divisant grossièrement à l'aide d'un hachoir, couperet ou couteau, les mêlant avec un quart de leur volume de râpure de cornes, passant le tout dans de l'eau bouillante ou de la lessive faible pendant une ou deux heures, puis les maintenant comprimés pendant une heure dans un cercle de fer entre deux disques chauds en même métal. On atteindra la température convenable en faisant chauffer presque au rouge naissant ces disques, qui doivent avoir de six à neuf lignes d'épaisseur; puis les plongeant pendant une seconde dans l'eau froide au moment de s'en servir.

Le cercle ou moule, dont nous venons d'indiquer l'usage, sera tout trouvé en employant ces demi-boîtes de roues enfoncées dans le gros bout des moyeux, elles seront même très propres à cet usage. Après un long service, la forme conique de leurs parois facilitera la sortie de la *galette* qu'on y aura moulée.

Les deux disques en fer seront découpés

---

pluie légère ou immédiatement après; sans cette circonstance favorable, ils peuvent être en partie dévorés par les animaux rongeurs.

dans des rognures de tôle ou forgés avec quelques morceaux de ferraille.

On pourrait obtenir une pression suffisante à l'aide de coins en bois serrés dans l'intervalle de deux pièces de bois; mais on se procurera sans peine une presse plus commode et peu dispendieuse, soit en faisant usage d'un *étau* de serrurier dans les momens où il est libre, soit en taraudant avec la filière d'un fort boulon le haut (renforcé en cet endroit) d'une bande de roue contournée en forme d'étrier; on serrerait le boulon avec une clef ordinaire; quelques fragmens de fer ou de fonte posés sur le disque supérieur recevraient la pression directe et la transmettraient à la matière renfermée dans le moule.

Les galettes ainsi préparées seront facilement réduites en râpure et vendues avec avantage aux tabletiers et fabricans de boutons, ainsi que nous l'avons dit plus haut.

Ce dernier travail pourrait occuper des enfans et même des aveugles. La même presse, dont nous venons d'indiquer la construction simple, servirait à l'aplatissage ci-après décrit des grands morceaux de cornes propres à la confection des peignes.

Aplatissage des cornes et ergots.

On prend toutes les cornes et ergots susceptibles de donner des morceaux d'une étendue de deux à trois pouces au moins, en tous sens; on supprime d'un trait de scie le bout plein des cornes; on les fend, de même que les ergots, à l'aide d'une scie à main ou d'un ciseau mince à tranchant, dans leur courbure interne; on les plonge dans l'eau, qu'on fait chauffer à l'ébullition pendant environ une demi-heure; elles sont alors assez amollies pour être ouvertes et développées à l'aide de tenailles ou de coins en bois; on les soumet, ainsi étendues, à l'action de la presse entre des plaques en fer un peu plus grandes que ces cornes, développées et chauffées comme nous l'avons dit. On peut mettre en presse à la fois cinq ou six cornes, en ayant le soin d'interposer entre chacune d'elles une plaque en fer; on conçoit que, pour cette opération, la virole ne saurait être employée, puisque l'étendue des morceaux comprimés doit varier librement, afin qu'ils s'aplatissent sans obstacle.

Les cornes aplaties se placent avec avantage chez les fabricans de peignes et les tabletiers; elles trouvent un débouché très facile à différeus prix, variables entre deux francs cinquante centimes et vingt-cinq francs le cent pour les ergots, et de quarante-cinq à soixante-cinq fr. pour les cornes, suivant leur nuance et leurs dimensions. Nous avons indiqué plus haut les usages des rognures de cornes.

Débourrage des peaux.

Les peaux à poils ras (celles des chevaux, bœufs, ânes, mulets, etc.), qui ne s'emploient généralement que débarrassées de leurs poils, peuvent être *débourrées* facilement par les gens de campagne ; il leur suffira, en effet, de plonger ces peaux dans de la lessive qui a servi au lessivage du linge, et de les y laisser macérer jusqu'à ce que le poil s'arrache très facilement. Si l'on a l'occasion de changer le liquide une fois ou deux pendant la macération, celle-ci sera plus promptement terminée et les poils seront plus propres; ceux de bœufs, ainsi traités, seront mieux disposés à servir pour rembourrer les selles comme pour fabriquer des couvertures grossières et le feutre des doublages.

A défaut d'eau de lessive, on peut se servir d'un lait de chaux contenant environ trois kilogrammes de chaux pour cent kilogrammes d'eau.

Dès que la macération sera amenée au point convenable, on rincera les peaux en les changeant plusieurs fois d'eau ou les exposant à un courant d'eau vive; puis on raclera sur une table ou un large tréteau toute la superficie extérieure avec un racloir à pâte ou tout autre outil analogue.

Les peaux débourrées seront étendues à l'air, desséchées et expédiées ou conservées par les moyens que nous avons indiqués précédemment. Avant de les faire dessécher, il serait bien, afin de les rendre plus souples, de les mettre tremper, pendant deux ou trois jours, dans de l'eau blanche faite avec une poignée de recoupes délayées dans un demi-seau d'eau.

A défaut d'autre usage, le débourrage des peaux forme un excellent engrais, qui, tout à fait analogue à celui que l'on obtient de la râpure de cornes, persiste de même, pendant plusieurs années, en raison de sa décomposition très lente. Mélangé, dans la proportion de deux pour cent, avec de la terre franche, il forme une sorte de compost léger propre à remplacer la terre de bruyère.

Apprêt des plumes.

Nous avons rappelé un moyen simple en usage pour rendre propres à écrire les plumes à longs tubes des ailes d'oies. Ce moyen est sujet à quelques inconvéniens : la température fort irrégulière des *cendres chaudes* peut, par excès de chaleur, déformer, brûler les plumes, ou, par défaut contraire, laisser la pellicule graisseuse.

Un procédé à l'abri de ces inconvéniens consiste à faire chauffer sur une plaque de tôle, ou dans une marmite en fonte du sable ou du grès jusqu'à ce qu'une bouilloire ou cafetière pleine d'eau et placée dans le sable soit échauffée au point de l'ébullition : alors on retire ce vase, et on plonge le tuyau des plumes dans le sable ; on laisse les plumes en cet état pendant un quart d'heure à peu près; alors on les retire successivement et aussitôt on frotte fortement le tube avec un morceau de serge ou de gros drap.

Les plumes d'oies et de corbeaux ainsi préparées sont d'une très bonne qualité ; elles se taillent et se fendent bien ; on peut même se servir, pour le même usage, des plumes de canards, de poules, etc., quoiqu'elles soient de bien moins bonne qualité.

Apprêt et assainissement des plumes de lit.

Nous avons vu que les plumes destinées à remplir des enveloppes (lits de plumes, traversins, oreillers, etc.) peuvent être rendues faciles à conserver en les faisant sécher et soufrer au four ; on atteindra plus sûrement encore le même but en les soumettant à l'action de la vapeur sous la pression de deux atmosphères et à la température correspondante, puis les faisant sécher et soufrer à l'étuve.

Ce procédé s'applique avec beaucoup d'avantage à l'assainissement des plumes de lits, qu'un long usage a fait pelotonner et un peu putréfier; elles reprennent à peu près leur volume primitif et sont assainies : dans tous les cas, il est convenable de battre les plumes avec des baguettes lisses pour en éliminer la poussière.

Sang.

Préparé pour la clarification des vins, sirops et diverses autres solutions troubles, le procédé le plus convenable pour conserver le sang et le transporter à de grandes distances consiste à le dessécher. Nous avons indiqué un moyen facile d'y parvenir ; mais relativement à l'application spéciale qu'ici nous avons en vue (la clarification), des changemens indispensables doivent être apportés dans la manière d'opérer; il faut que la fibrine soit séparée et que la dessiccation complète ait lieu sans que la température approche de l'ébullition ni même s'élève au delà de quarante à quarante-cinq degrés. Voici comment on peut opérer d'après le procédé mis en pratique par M. *Derosne :* aussitôt que le sang est écoulé de la saignée faite à l'animal, on l'agite vivement avec une trentaine de baguettes réunies en faisceau; une matière fibreuse s'attache entre les brins du faisceau ; on la jette de côté pour en tirer parti, comme nous l'avons dit de divers détritus de chair musculaire, intestins, etc.

Le sang fluide est alors versé en pluie, à l'aide d'un arrosoir, à la partie supérieure d'une pile formée de petits rondins ou bâtons lisses en bois dur, placée sous un hangar abrité de la pluie, mais ouvert à tous vents. Un carrelage en carreaux vernissés ou en briques très cuites, ou, mieux, une aire en mastic lisse de bitume ramène, par une pente rapide, tout le liquide, d'où le sang est repris et versé sur le haut de ce petit *bâtiment de graduation.*

On pourrait renfermer cette sorte de cascade dans une étuve pour les temps de pluie; on ménagerait, à deux pouces au dessus du carrelage, trois ou quatre bouches de chaleur d'un poêle lançant continuellement un courant d'air chaud dont l'impression pût être aisément supportée par la main; des ouvertures de deux pouces de diamètre, disposées sur une ligne horizontale tout autour de l'étuve, aux deux tiers de sa hauteur, donneraient issue à l'air chaud chargé d'humidité.

Le sang se rapproche ainsi promptement et à une température assez basse pour que ses propriétés soient peu altérées; il s'épaissit et s'attache bientôt aux bâtons, en couche de trois à quatre lignes d'épaisseur; on laisse alors sécher sans reverser du sang fluide; le degré de dessiccation convenable est atteint dès que la matière est dure et cassante; on la détache alors, en frappant les bâtons les uns sur les autres; on la réduit en poudre, soit dans un moulin à café, soit sur un carrelage dur, à l'aide d'une batte, soit au moyen d'un mortier; on la passe à un tamis de toile métallique et on la met dans des vases très secs, que l'on ferme hermétiquement.

Le sang ainsi préparé se conserve indéfiniment, et peut être transporté à toutes distances et sous toutes les latitudes.

Pour s'en servir, il suffit de le délayer dans

dix ou douze fois son poids d'eau froide, de bien le battre, puis de le jeter dans le liquide à clarifier, en agitant vivement celui-ci pendant quelques secondes : alors, si l'on opère à froid sur du vin ou tout autre liquide astringent, on laisse déposer pendant trois ou quatre jours ; si l'on agit sur du sirop bouillant, de la gélatine en solution ou tout autre liquide à la même température, on laisse l'écume se former par l'ébullition, puis on soutire au clair sur un filtre ou dans un tamis.

Le sang destiné à la clarification est de bonne qualité lorsqu'il peut se dissoudre entièrement dans l'eau froide ; que cette solution d'une partie de sang sec pour dix d'eau, chauffée à l'ébullition, produit une écume abondante et laisse le liquide clair.

Une once ou environ trente grammes de sang suffisent ordinairement pour clarifier une pièce de vin.

Le sang sec peut être employé en quantités énormes par les fabricans et les raffineurs de sucre indigène et des colonies.

Conservation des viandes alimentaires.

Nous avons fait voir, dans le premier chapitre, que la chair des animaux, lors même que ceux-ci ont été abattus dans un état maladif, peut sans danger servir d'aliment aux hommes. D'ailleurs, la mort accidentelle d'un animal en bon état ne fait naître aucune idée de répugnance qui s'oppose à l'emploi de sa chair comme substance alimentaire; mais toute la quantité que l'on en obtient ne pouvant pas toujours être consommée assez promptement, un moyen de conservation devient nécessaire; celui que l'on doit à M. *Appert* serait préférable à tous les autres, si les soins et l'habitude qu'il nécessite ne l'ôtaient de la portée du plus grand nombre. La salaison, comme on sait, réussit bien; mais le goût agréable des viandes en est sensiblement altéré; il faut d'ailleurs employer un excès de sel, que l'on perd ensuite et dont on ne se débarrasse même qu'avec peine et en privant la substance alimentaire d'une partie de ses principes nutritifs.

Un procédé fort simple, et qui paraît à l'abri de tout reproche, suffit pour garder les viandes plus de temps qu'il n'en faudra employer, dans la plupart des cas, à les consommer : il consiste à opérer la coction avec un peu d'eau dans une chaudière fermée à l'aide d'un couvercle posé sur un bourrelet de vieux linge et maintenu par trois ou quatre pavés lourds. Les quantités de sel et de poivre, de *thym* et de *laurier* ou autres aromates sont introduites d'avance et seulement en proportions suffisantes pour l'assaisonnement.

Cette méthode sera facilement suivie par les gens de campagne, qui déjà l'ont pratiquée; ils la désignent sous le nom de *cuisson à l'étouffée*. Dans cette opération, la viande la plus dure devient tendre, ou du moins facile à manger. On doit avoir disposé d'avance des pots en grès bien cuits, très propres, bien secs et exempts de fêlures; on y entasse la viande toute chaude, de manière à remplir exactement leur capacité; on fait réduire, par une ébullition vive, le liquide ou bouillon, des trois quarts de son volume environ; puis on le verse, en cet état, sur chacun des pots. Il ne faut pas retirer la graisse; si même on pouvait y en ajouter de manière à former une couche à la surface de la viande cuite, ce serait une circonstance favorable de plus pour sa conservation; de la friture, même très brune, conviendra pour cet usage.

On fermera le plus hermétiquement possible tous ces pots, soit avec des disques en bois fortement goudronnés, soit avec de petites assiettes plates lutées autour de leurs bords avec des bandes de papier ou de vieux linge enduites d'une pâte claire faite avec de la farine délayée dans de la colle de farine. On conservera dans la cave ou tout autre endroit frais, et l'on n'entamera un pot que pour le consommer sans interruption en quelques jours.

On conservera très bien la chair, et sans lui ôter la propriété de donner du bouillon, en la coupant en tranches minces ; plongeant, pendant dix minutes, celles-ci dans une solution qui contienne, sur cent parties en poids, une partie de sous-carbonate de soude (carbonate de soude ou sel de soude du commerce), quatre parties de sel marin, une partie nitrate de potasse (salpêtre) : on suspend à des fils ou sur des filets ces tranches dans un courant d'air sec et chaud. On peut se servir, à cet effet, d'une étuve à courant d'air chaud, ou d'une chambre échauffée par un poêle dont le tirage renouvelle l'air assez promptement.

Dès que la dessiccation est complète, on enferme ces tranches dans des vases bien secs et clos hermétiquement.

Lorsqu'on veut faire usage de la viande ainsi conservée, on la met tremper pendant dix minutes dans l'eau froide ; on jette cette première eau de lavage, on la remplace par de nouvelle eau ; on ajoute, à volonté, du sel et l'assaisonnement; puis on fait cuire à l'étouffée.

On peut encore faciliter la conservation de la viande, en plongeant les tranches minces, pendant cinq à dix minutes, dans une solution bouillante de quatre parties de sel marin, deux parties de salpêtre dans cinquante parties d'eau; puis les faisant dessécher, et les laissant, jusqu'au moment de l'emploi, dans des vases hermétiquement clos, comme nous venons de le dire. L'effet principal de l'opération que l'on vient de lire est de coaguler l'albumine contenue dans la chair musculaire ou répandue à la superficie des morceaux, et de la rendre ainsi bien moins altérable. Lorsque l'on veut consommer cette viande, il est convenable de la faire cuire à l'étouffée.

Par les deux procédés ci-dessus décrits, on peut obtenir de cent parties de viande fraîche environ vingt-sept parties en poids de chair desséchée, ou seulement vingt et une si on l'a pesée sans être desossée, puisque les os forment du cinquième au quart du poids total.

Cuisson des squelettes incomplétement décharnés.

Nous avons indiqué les moyens de dépecer les animaux et d'extraire la plus grande partie de la chair adhérente aux ossemens ; cette dernière opération est assez longue et difficile à pratiquer dans les cavités irrégulières, les intervalles et les anfractuosités des os de la colonne vertébrale, du cou et des côtes ; elle deviendrait impossible, en raison de la quantité de main-d'œuvre, pour l'exploitation d'un certain nombre d'animaux disponibles à la fois dans les établissemens d'équarrissage. Nous avons constaté en grand, dans notre fabrique, l'efficacité du procédé suivant applicable dans cette circonstance.

On construit une chambre voûtée en briques très cuites, réunies par des joints minces en mortier de chaux et ciment ; un encadrement et une porte ou obturateur en fonte la ferment hermétiquement à l'aide de boulons à clavettes. Après qu'on y a entassé le plus grand nombre possible de *carcasses* charnues, on ouvre le robinet d'un tuyau en communication avec une chaudière, afin d'y introduire un jet de vapeur en quantité suffisante pour produire une pression constante de deux ou trois pieds d'eau ; en moins de trois heures, la coction est terminée et l'on peut diriger, à l'aide de robinets, la vapeur dans une seconde chambre disposée comme celle-ci.

Les chairs adhérentes aux ossemens s'en

détachent alors avec la plus grande facilité, surtout avant que le refroidissement soit complétement effectué ; l'eau, condensée sur les parties d'animaux dépecées, entraîne les parties solubles à cette température, notamment de la gélatine et la graisse rendue fluide. Cette dernière substance est facile à séparer, puisqu'elle acquiert de la consistance en refroidissant et qu'elle surnage ; on peut l'épurer ensuite, comme nous l'avons indiqué dans le chapitre précédent. Quant au liquide gélatineux, il est très convenable pour animaliser les alimens des animaux domestiques et notamment des porcs.

Quant à la viande cuite, si l'on n'en a pas l'emploi immédiat, on la rendra facilement susceptible de conservation en la soumettant à une forte pression pour éliminer une grande partie du liquide gélatineux et achever la dessiccation soit au four, soit dans une étuve, par les moyens ci-dessus indiqués. La viande très sèche et encore chaude se réduit en poudre, soit à la batte, soit au pilon ou dans un moulin : en cet état, la viande sèche est d'un emploi très facile, soit pour animaliser les alimens, soit pour l'engrais des terres.

Une autre opération de fabrique très utilement employée dans les mêmes circonstances, et même relativement aux abattoirs publics des animaux de boucherie, fit l'objet d'un brevet d'invention expiré maintenant, et que MM. *Payen* et *Bourlier* ont exploité en grand; il consiste à faire coaguler par la vapeur ou le chauffage direct le sang (non destiné à la clarification), puis à le soumettre à une pression forte et graduée. Le liquide séreux qui s'en écoule, mêlé à des pommes de terre cuites, à des recoupes, à du son, etc., donne une des meilleures substances alimentaires pour les porcs, les chiens et les oiseaux de basse-cour; mélangé avec de la terre très sèche, il forme un excellent engrais facile à répandre.

Le coagulum resté dans la presse se divise sous le plus léger effort et se dessèche très facilement, soit dans un séchoir aéré, soit dans une étuve à courant d'air chaud. Dans cet état, et mis en poudre, le sang est très propre aux mêmes usages que la poudre de viande sèche; on la conserve de même dans des vases secs hermétiquement fermés.

Perfectionnement des fours ordinaires à cuire le pain, pour les convertir à volonté en étuve à courant d'air chaud.

Une disposition facile à opérer permet d'obtenir ce résultat, il suffit de placer, au moment d'établir le courant d'air, un tube en fer-blanc de deux pouces de diamètre, qui se prolonge jusqu'aux deux tiers de la longueur du four : ce tube doit communiquer avec l'air extérieur par une ouverture circulaire faite au bas de la porte; un autre tube de trois pouces de diamètre, ou tuyau de poêle ordinaire, s'adapte dans la même porte au dessus du premier, et se prolonge de trois ou quatre pieds dans la cheminée : on conçoit que le tirage déterminé par celui-ci appelle l'air extérieur jusque dans le fond du four et le laisse exhaler chargé de vapeur.

Cette disposition peut être pratiquée à demeure dans la maçonnerie, sans gêner le service du four; elle servirait même à faciliter l'inflammation du bois dans le four, et, d'ailleurs, on arrêterait à volonté le courant en fermant les ouvertures par un tampon, un couvercle, une clef, etc.

Moyen d'apprécier la qualité des engrais de substance organique animale (sang, chair musculaire, cornes, os, poudrette, sees et en poudre).

Bientôt, probablement, des transactions commerciales auront lieu sur les engrais obtenus des débris d'animaux ; il est donc important d'apprécier la valeur vénale de cette sorte d'engrais puissans, afin de reconnaître les bonnes préparations ou les mélanges frauduleux qui pourraient altérer ces produits. Pour parvenir à ce résultat, il faudrait décomposer à la température rouge l'échantillon qu'on voudrait essayer dans une cornue en fonte ou en grès, et recevoir les produits volatils de cette distillation dans un ballon rafraîchi par de l'eau froide, et fermé par un tube plongé dans l'eau (la manière de disposer ces vases, la cornue, le ballon et le tube est indiquée dans tous les traités de chimie). Les vapeurs condensées ainsi donnent lieu à la cristallisation du carbonate d'ammoniaque, et ce sel, dont la quantité est relative à celle de la matière animale, doit représenter, pour la poudrette de bonne qualité, de treize à quinze centièmes du poids de l'échantillon essayé.

Ce mode d'essai est applicable à tous les engrais riches en matière azotée : c'est ainsi que le sang sec (équivalant en poids 0,25 du sang liquide) donne trente-deux à trente-trois centièmes de son poids de carbonate d'ammoniaque cristallisé, et la chair musculaire desséchée (dont on obtient les 0,28 centièmes de la chair fraîche) produit trente-quatre à trente-six centièmes de ce même sel.

On pourrait obtenir une appréciation plus rigoureuse encore de la qualité de ces engrais, de même que de ceux résultant des os, cornes, etc., en recueillant les produits gazeux dans un excès d'acide sulfurique étendu, puis constatant la quantité d'acide saturé ; ce qui serait facile par la quantité employée d'une solution alcaline connue pour le complément de la saturation.

Conversion des tendons et rognures de peaux en colle-forte.

La fabrication de la colle-forte est une de celles qui peuvent très facilement être mises à la portée des gens de campagne, et dont les produits sont consommés dans presque toutes les localités.

On fait tremper dans un lait de chaux (formis d'un kilogramme de chaux vive éteinte en bouillie et délayée dans cinquante kilogrammes d'eau environ) les matières premières ci-dessus désignées, aussitôt qu'on les a extraites de l'animal, ou même desséchées, suivant les procédés décrits dans les deux premiers chapitres; on renouvelle le lait de chaux tous les huit jours pendant un mois, et ensuite une fois par mois en hiver et deux fois en été. En préparant le lait de chaux plus faible de moitié, c'est à dire dans la proportion d'un de chaux pour cent d'eau, on peut prolonger leur conservation de cette manière jusqu'au moment de la saison favorable (1), et même pendant plus d'une année, si l'on veut attendre qu'on en ait amassé une quantité un peu considérable pour se livrer à leur traitement; toutefois, le deuxième mois, ces matières sont prêtes à être mises en œuvre (2).

(1) Les temps les plus généralement secs du printemps et de l'automne seront exclusivement choisis, car on doit également redouter les pluies, les brouillards, les chaleurs, la gelée, les orages et les temps humides.

(2) Les tendons, mis à l'état frais dans l'eau de chaux, laissés en macération, en renouvelant le liquide une ou deux fois par semaine suivant que la température de

Lorsqu'on veut commencer la fabrication, on vide les vases (baquets, tonneaux, fosses glaisées ou cimentées, etc.) de toute l'eau de chaux qu'ils contiennent, après l'avoir agitée pour mettre la chaux en suspension ; on enlève les matières animales dans des mannes en osier et on les lave le plus exactement possible, soit en les agitant dans plusieurs eaux claires, soit, et mieux encore, en les exposant à un courant d'eau vive, et les retournant de temps à autre pendant vingt-quatre ou trente-six heures.

On les étend ensuite à l'air sur le pavé ou sur un pré ras, en couches aussi minces que possible, et on les retourne une fois ou deux en douze heures, pendant deux ou trois jours.

Cette dernière opération a pour but de carbonater les portions de chaux engagées dans les matières animales, et d'empêcher ainsi qu'elles ne réagissent pendant la coction de la colle, et n'altèrent une partie de la gélatine en la rendant soluble à froid.

Alors on procède à la cuisson, en emplissant

---

l'air est plus ou moins basse, se gonflent considérablement ; au bout de deux ou trois mois, ils peuvent se fondre très vite à la chaudière et donner une colle blonde très belle, et même de la gélatine alimentaire.

emble une chaudière avec ces substances, y ajoutant de l'eau jusque près des bords supérieurs, et faisant chauffer à petit feu d'abord, puis soutenant ensuite à la température de l'ébullition; les matières s'affaissent peu à peu, et finissent par entrer en totalité dans la chaudière: on les soulève de temps à autre, pour éviter qu'elles ne s'attachent au fond (un faux fond en tôle, soutenu sur des pieds d'un à deux pouces et percé de trous comme une écumoire, est fort utile pour éviter cet inconvénient). Dès que presque tous les lambeaux ont changé de forme et sont en partie dissous dans le liquide, on éteint le feu, on met un balai de bouleau devant le tuyau du robinet, puis on soutire au clair dans une chaudière maintenue chaude par des corps non conducteurs, qui l'enveloppent (des chiffons de laine, de la cendre ou de la poussière de charbon); un second dépôt s'opère dans ce vase, et lorsque le liquide n'est plus trop chaud pour qu'on y tienne le doigt plongé, on tire encore au clair; on passe au tamis, en emplissant avec ce liquide gélatineux des caisses de trois à quatre pouces de haut, disposées dans un endroit frais et dallé ou carrelé en pente, afin qu'on y opère facilement des lavages.

Au bout de dix à dix-huit heures, suivant la température de l'air extérieur, la colle est prise en gelée consistante; on l'extrait des caisses en passant une lame de couteau mince et mouillée autour de ses parois latérales et un fil de cuivre tendu, entre deux montans verticaux, au fond, puis retournant la caisse sur une table mouillée.

Il reste sur celle-ci un pain rectangulaire de gelée; on le divise en plaques de quatre à huit lignes d'épaisseur, au moyen d'un fil de cuivre tendu sur une monture de scie et guidé par les entailles de règles graduées en divisions égales.

Ces plaques, posées sur des filets ou des canevas en toile tendus dans un châssis et disposés en étages dans un bâtiment aéré ou séchoir, sont retournées de temps à autre; elles se dessèchent peu à peu et forment la *colle-forte*, dont les usages sont bien connus des menuisiers, ébénistes, apprêteurs d'étoffes, chapeliers, fabricans de papiers, peintres, etc.

On continue d'épuiser les marcs restés non dissous en remplissant la chaudière d'eau bouillante jusqu'à la hauteur qu'ils occupent, portant toute la masse à l'ébullition, qu'on soutient pendant trois heures environ : au bout de ce temps, on soutire le liquide; celui-ci peut quelquefois être traité comme la première solution et donner de la colle-forte de deuxième qualité. Pour s'en assurer, on en prend dans la chaudière une très petite quantité (plein une demi-coquille d'œuf ou une cuiller à bouche); on l'expose pendant un quart d'heure à l'air, et si au bout de ce temps le liquide est pris en gelée consistante, on soutire et on traite, comme la première fois, la solution contenue dans la chaudière.

On achève alors le lavage du marc en versant par-dessus de l'eau bouillante aux trois quarts de la hauteur de la chaudière, portant à l'ébullition pendant environ deux heures et soutirant tout le liquide qui peut s'écouler par le robinet. On enlève alors le résidu solide de la chaudière, et on le soumet soit à l'action d'une forte presse, soit dans des sacs en grosse toile, sous un plateau de bois chargé de pavés ou autre corps pesant. Tout le liquide soutiré et celui obtenu par expression sont employés à dissoudre une nouvelle quantité de substances animales préparées, et recommençant une opération, comme nous l'avons dit ci-dessus. Tous les ustensiles doivent être soigneusement lavés chaque fois que l'on s'en est servi.

Les marcs dont on a extrait ainsi le plus

possible de gélatine sont ensuite divisés avec de la terre et répandus pour servir d'engrais; on peut obtenir de la gelée ou de la gélatine alimentaire par l'opération que nous venons de décrire, faite avec le plus grand soin, en employant des matières premières fraîches extraites des moutons, bœufs, vaches, veaux, chèvres, agneaux, lapins, etc. (celles qui proviennent des chevaux recèlent une matière huileuse, et développent un goût désagréable).

Relativement à cette dernière préparation, il convient de laver les substances aérées avec deux ou trois fois leur poids d'eau bouillante, avant de les faire dissoudre dans la chaudière.

Il est très facile de préparer en petit la colle-forte, la gelée et la gélatine par le procédé ci-dessus décrit : on substitue, dans ce cas, à la chaudière un chaudron ou une grande marmite; l'opération reste d'ailleurs entièrement la même.

EMPLOI DES OS DANS L'AGRICULTURE,

EXTRACTION DE LEUR TISSU FIBREUX; PRÉPARATION DE LA GÉLATINE ALIMENTAIRE.

Des os considérés comme engrais.

La valeur acquise, dans ces dernières années, aux os, à ceux même qui sont impropres à des applications plus profitables que la fabrication du *charbon animal* et celle de la colle-forte, ne permet plus guère de les employer comme engrais, leur prix étant augmenté d'ailleurs, pour cet usage, des frais de pulvérisation proportionnés à la dureté de cette matière.

Cette circonstance défavorable n'est pas fort à regretter, puisque l'utilité bien reconnue des résidus de charbon animal fournis par les fabriques et raffineries de sucre a doté l'agriculture des avantages qui, avant d'être obtenus directement des os, fussent restés long-temps en espérance sans vaincre l'inertie populaire opposée à toute innovation.

Cependant, comme l'absence des fabriques, en certaines localités, et le manque de moyens économiques de transport peuvent laisser des os sans emploi, nous rappellerons que ceux-ci, réduits en poudre grossière, forment presque pour tous les terrains (1) un très bon engrais, dont l'action utile persiste, pendant deux à quatre années, suivant les influences atmosphériques. (Voyez, dans le chapitre précédent, la comparaison établie entre plusieurs engrais.)

L'emploi des os dans l'agriculture n'exige pas d'autre préparation qu'un broiement en poudre grossière : on peut opérer celui-ci, soit à la main, soit à l'aide de machines, par l'un des moyens indiqués plus loin pour extraire à la vapeur la gélatine des os, avec cette différence que l'on n'est pas obligé d'apporter les mêmes soins de propreté, et que l'échauffement par des coups répétés n'est pas à craindre.

J'ai remarqué qu'il est beaucoup plus facile de concasser les os fortement desséchés ou chauffés que dans l'état frais; il conviendrait donc de les enfermer dans un four après la cuisson du pain et de les écraser tout chauds au fur et à mesure qu'on en tirerait du four. Les os, exposés pendant une heure à la vapeur comprimée par la pression de deux à trois atmosphères, deviennent friables et faciles à

(1) Les sols très calcaires paraissent seuls faire exception.

broyer. Si l'on mettait ce moyen en pratique, il conviendrait que les parois extérieures du vase contenant les os fussent également échauffées, afin d'éviter à l'intérieur la condensation d'une trop grande quantité d'eau.

On pourra consulter d'ailleurs, pour des détails plus étendus sur le broiement des os, les ouvrages suivans : *Annales de l'Agriculture française*, 1re. série, t. IV, page 360 ; *Mécanique de Borgnis*, t. V, page 243 ; *Bulletin de la Société d'Encouragement*, t. III, page 164.

Extraction du tissu celluleux des os et fabrication de la gélatine.

Les os convenables pour la fabrication de la gélatine par l'acide hydrochlorique ont été désignés dans le premier chapitre de ce mémoire ; ils pourraient recevoir la première préparation en beaucoup de localités, et même y être convertis en substance alimentaire ou en colle-forte de belle qualité de la manière suivante.

On commence par laver ces os dans l'eau, on les fait égoutter, puis on les plonge dans des baquets contenant, pour cinquante kilogrammes d'os, cinquante kilogrammes d'*acide muriatique* du commerce. Délayé dans trois cents kilo-

8

grammes d'eau (1), la partie solide est alors promptement attaquée ; sa dissolution s'opère dans l'acide et laisse la matière fibreuse de plus en plus souple. Afin de terminer l'amollissement des os, au bout de huit à dix jours en été (2) et de dix à douze jours dans l'hiver, on les plonge dans un autre bain contenant seulement dix kilogrammes d'acide muriatique pour cent kilogrammes d'eau : après dix-huit à vingt-quatre heures d'action de celle-ci, on la soutire ; l'eau acide soutirée sert à commencer l'amollissement d'une nouvelle quantité d'os; on lave les matières molles ainsi obtenues à grande eau : on peut alors les étendre à l'air pour les faire sécher et les vendre en cet état aux fabriques de colle et de gélatine, ou les traiter à l'eau saturée de chaux, pendant quinze jours, les laver, les aérer et les soumettre à la coction, comme nous l'avons indiqué ci-dessus, pour dissoudre

(1) Cette proportion moyenne d'eau doit être augmentée dans les chaleurs de l'été et diminuée pendant les froids d'hiver.

(2) Il est fort important de faire cette opération à l'abri du soleil, car l'élévation trop forte de la température pourrait faire dissoudre et perdre entièrement la matière animale.

les débris de peau, les tendons, etc., afin d'en fabriquer de la colle-forte.

Si l'on voulait extraire des *os amollis* (tissu fibreux, *gélatine brute*) la substance nutritive dissoluble, et ce serait le meilleur parti qu'on en pût tirer, il suffirait de les bien détremper à l'eau froide, de les échauder à trois reprises dans l'eau bouillante, puis de les mettre dans le pot-au-feu, avec le quart seulement du poids de la viande de boucherie et habituellement employée dans cette application. Vingt grammes de tissu cellulеux sec (dont on obtient environ 0,25 du poids des os) remplacent, pour la qualité nutritive du bouillon, cinq cents grammes ou une livre de viande de bœuf; on peut, avec autant de cette même substance par litre d'eau et des légumes (carottes, oseille, etc.), préparer des potages beaucoup plus nourrissans que ceux obtenus des légumes seuls, et éviter ainsi l'action débilitante qu'exerce à la longue une nourriture végétale sur l'estomac de l'homme. (Voyez ci-après la fabrication de la gélatine d'os par la vapeur et les considérations qui s'y rattachent.)

Les personnes qui voudraient se livrer à la fabrication en grand de la COLLE-FORTE et de la *gélatine* trouveront la description plus complète de ces industries à leurs articles respectifs, rédigés par M. *Payen,* dans le *Dictionnaire technologique.*

Préparation de la gélatine alimentaire obtenue des os par la vapeur.

A l'appui de tout ce que nous avons dit dans ce mémoire sur l'utilité d'augmenter la proportion de substance animale dans la nourriture des gens de campagne, nous rappellerons deux faits constatés et cités par le célèbre *Lagrange :* ce savant a démontré 1°. qu'il faut à un homme bien portant un kilogramme d'aliment solide par vingt-quatre heures, et qu'il est nécessaire que cet aliment soit composé de deux parties de substance animale au moins pour sept parties de substance végétale ; 2°. qu'en France, un habitant ne mange, terme moyen, que deux parties de substance animale contre quinze à seize de substance végétale ; c'est à dire, comme il le fait observer, moins que moitié de la viande qui entre dans la ration du soldat, et de ce qu'il faudrait, par conséquent, pour être maintenu en bon état de santé.

Choix et composition des os destinés à la préparation de la gélatine.

Les os peuvent être divisés en deux classes : les uns, compactes, plats ou cylindriques, contiennent peu de graisse, et se vendent d'ailleurs trop cher, comme nous l'avons dit, aux tourneurs, tabletiers, boutonniers, éventaillistes, pour être appliqués à la préparation de la gélatine ; les autres, qui peuvent y être réservés, comprennent les têtes spongieuses des gros os, les extrémités des os plats et les os minces des têtes. Ces os, à l'état sec, contiennent environ en poids :

Substance terreuse. .	60
Gélatine.	30
Graisse.	10

Nous ferons observer toutefois que les têtes des gros os contiennent jusqu'à cinquante pour cent de matière grasse.

Cent kilogrammes d'os contenant trente kilogrammes de gélatine, et dix grammes de gélatine suffisant pour animaliser un demi-litre d'eau au moins autant que l'est le meilleur bouillon de ménage, il est évident que cent kilogrammes d'eau peuvent fournir assez de dissolution gélatineuse pour préparer trois mille rations de bouillon : un kilogramme d'os doit donc servir à préparer trente bouillons de demi-litre chaque ; mais un kilogramme de viande ne peut fournir que quatre bouillons : d'où il suit qu'à poids égal, les os abandonnent à l'eau sept fois et demie autant de matière animale que la viande.

On sait que cent kilogrammes de viande de boucherie contiennent environ vingt kilogrammes d'os; cette quantité de viande, pouvant donner quatre cents bouillons, et les vingt kilogrammes d'os pouvant servir à en préparer six cents, on voit qu'en extrayant toute la gélatine des os qui proviennent d'une quantité donnée de viande, on peut faire trois bouillons avec les os quand la viande et les os réunis n'en donnent actuellement que deux, et qu'on pourrait, par conséquent, préparer cinq bouillons avec la même quantité de viande non désossée, qui n'en fournit maintenant que deux.

Description de l'appareil.

Fig. 1. Plan et élévation du billot en bois, dans lequel est encastrée une plaque de fonte taillée en pointes de diamant.

Fig. 2. Plan et élévation du cadre en bois qui

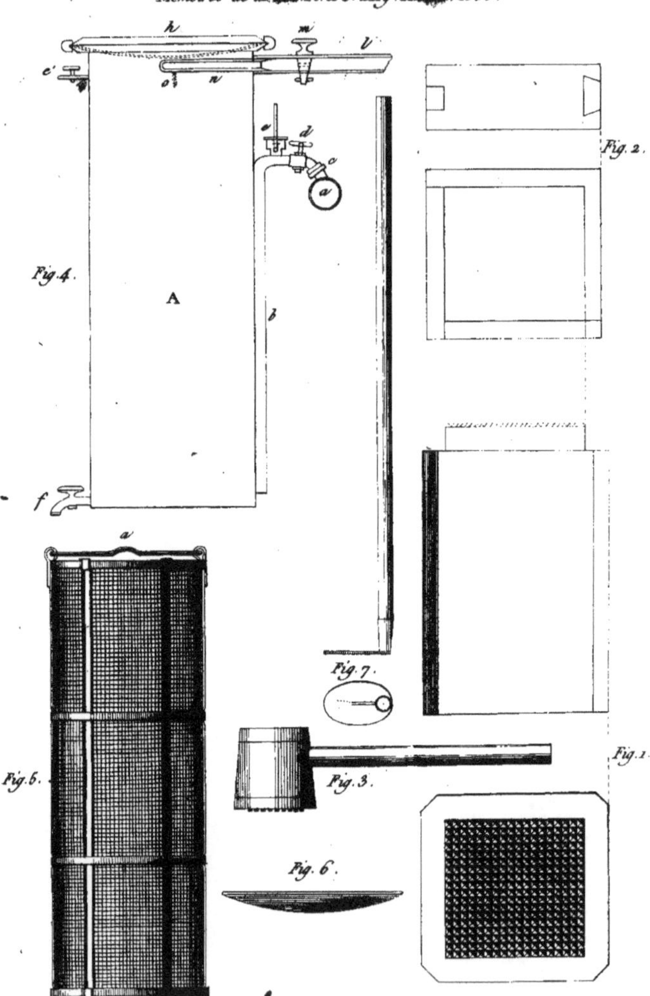

N.L. Rousseau Sc.

entoure la plaque en fonte pour retenir les os lorsqu'on les frappe avec la masse.

Fig. 3. Masse en bois dur, garnie en dessous d'une plaque de fer taillée en pointes de diamant aciérées ou d'un grand nombre de clous à forte tête pointue.

Fig. 4. Coupe d'un des quatre cylindres composant l'appareil : A, corps du cylindre; *a*, tuyau légèrement incliné, amenant la vapeur d'une chaudière aux quatre cylindres ; l'eau, condensée dans ce tuyau, doit pouvoir retourner à la chaudière à vapeur ; *b*, tuyau particulier conduisant la vapeur dans le fond du cylindre ; *d*, robinet placé sur le tuyau *b*, pour régler l'introduction de la vapeur ; *c*, raccordement à vis pour séparer en deux parties le tuyau *b*, et permettre l'enlèvement des cylindres lorsqu'on veut les réparer ou les nettoyer ; *e*, tubulure à *stuffen-box* pour loger un thermomètre ou un manomètre ; *e'*, petit robinet servant à évacuer de temps à autre l'air et les gaz ; *l*, tuyau servant à introduire de l'eau dans l'intérieur du cylindre ; *m*, robinet pour régler et arrêter à volonté l'écoulement de l'eau ; *n*, petit tube en étain adapté, à frottement, dans le tuyau *l*. Pour porter l'eau au milieu du cylindre par un petit trou *o* percé à sa partie inférieure, ce tube ne se place qu'après avoir descendu le panier chargé d'os dans le cylindre (tous les tuyaux qui servent au passage de la vapeur doivent être garnis de lisières épaisses pour empêcher le refroidissement); *f*, robinet placé au bas du cylindre pour soutirer la solution gélatineuse ; *h*, capsule servant de couvercle au cylindre ; ce couvercle est adapté, à l'aide d'une bride à la moulfarine, ou en mettant entre lui et le rebord du cylindre une rondelle de carton.

La vapeur d'eau pouvant attaquer tous les métaux usuels, il est convenable de n'employer pour la construction des vases et tubes ci-dessus indiqués que ceux qui ne sont point insalubres : on doit donc éviter la présence du cuivre et du plomb, et se servir seulement de fer et d'étain ; il faut que tout cet appareil puisse résister facilement à la pression de l'atmosphère.

Fig. 5. Panier garni en toile métallique de fil de fer étamé, dans lequel on place les os qu'on veut soumettre à la vapeur : ce panier s'enlève par une anse *a*, au moyen d'une poulie à moufle, lorsqu'on veut l'introduire dans le cylindre ou l'en retirer.

Fig. 6. Capsule mobile en fer-blanc s'appliquant sur le couvercle ; elle sert à essayer la solution de gélatine : pour cela, il suffit de peser cette capsule, de la placer sur le cylindre et d'y verser un demi-litre de la solution gélatineuse. Lorsque le liquide est évaporé à siccité, on repèse la capsule, et l'augmentation de poids indique la quantité de gélatine sèche contenue dans un demi-litre.

Fig. 7. Outil servant à enlever du fond du cylindre, après chaque opération, les esquilles d'os qui peuvent y être tombées.

Broiement des os.

L'expérience a démontré qu'il est nécessaire de diviser les os pour en extraire convenablement la graisse et la gélatine : nous avons dit, dans le chapitre premier, comment la première de ces substances doit être obtenue; nous supposerons donc ici que les os en sont privés (1).

---

(1) On peut conserver la graisse extraite des os récens et propres pour l'usage alimentaire ; à cet effet, il faut la faire fondre au bain-marie, la passer dans un linge ou dans un tamis fin pour en séparer les esquilles d'os, et la laver avec soin, au moyen de l'eau chaude, pour en enlever toute la gélatine ; on tient ensuite cette graisse au bain-marie pendant quelques instans ; on la tire à clair pour la séparer de l'eau, sur laquelle elle surnage, et la saler comme le beurre.

Les os destinés à l'usage alimentaire doivent encore être écrasés, mais non à coups redoublés, car ils contracteraient ainsi une odeur empyreumatique fort désagréable ; il faut d'abord les mouiller et les écraser ensuite, autant que possible, en un seul coup : on y parvient à l'aide d'un levier horizontal pareil à celui qu'emploient les fabricans de toiles peintes et de papiers peints, ou du tas et de la masse, décrits plus loin, ou encore sur un billot avec une hache bien affûtée. Les os minces, tels que ceux des têtes, os spongieux, se divisent très facilement ainsi ; quant aux gros os compactes, l'emploi successif de la hache et de la masse réussit bien à l'aide d'un peu d'habitude. Dans tous les cas, il faut avoir soin de tremper dans l'eau les fragmens d'os que l'on veut soumettre de nouveau à l'action de la masse, pour en achever la pulvérisation. On parvient ainsi à réduire les os en morceaux assez menus sans leur faire contracter de mauvaise odeur, mais on doit les employer immédiatement : sans cela il faudrait les conserver, en les tenant plongés soit dans l'eau courante, soit au moins dans l'eau fraîche, ou, ce qui serait beaucoup mieux, dans une solution contenant un dixième de son poids de sel marin.

Dissolution de la gélatine des os.

Le procédé pour parvenir à entraîner en dissolution dans l'eau la substance nutritive des os consiste à exposer ceux-ci à l'action de la vapeur sous une faible tension. Celle-ci, en se condensant jusque dans les pores des os, commence à en expulser ce qui peut rester de graisse, et dissout ensuite progressivement toute la gélatine : c'est la mise en fabrique d'un ancien procédé pharmaceutique, cité à la page 108 des *Élémens de pharmacie* de *Beaumé*, édit. de 1790.

L'expérience ayant appris qu'il faut au moins quatre jours pour extraire par ce moyen toute la gélatine des os, lorsqu'on tient à l'avoir de bonne qualité, M. *d'Arcet* a composé l'appareil de quatre vases d'égale capacité et semblables au vase A. (Voyez la description.) On remplit d'os broyés le panier en fil de fer étamé, décrit ci-dessus; on introduit ce panier dans le premier cylindre A, on place le couvercle de ce cylindre et on en assure la fermeture : cela fait, il suffit d'introduire la vapeur dans le cylindre chargé d'os, pour que, bientôt après, on en puisse retirer par le robinet la graisse et la gélatine que la vapeur extrait des os en se condensant à leur surface et jusque dans leur intérieur. On amène, soit par les tubes *l*, *n*, en ouvrant le robinet *m*, de l'eau froide dans chaque cylindre, au dessus des os et au milieu de chaque panier; cette eau, qui provient d'un réservoir suffisamment élevé, arrive, sous une pression constante, seulement en quantité suffisante pour produire, avec l'eau condensée dans chaque cylindre, exactement le nombre des rations de dissolution gélatineuse que doit fournir l'appareil. Arrivant à la surface des os, qui se trouvent élevés à la température de cent six degrés centigrades, elle est promptement échauffée, se mélange à l'eau provenant de la condensation de la vapeur, traverse le cylindre dans le sens de son axe, lave successivement les os et en dissout la gélatine à mesure qu'elle devient soluble (1).

---

(1) Ainsi, par exemple, les quatre cylindres de l'appareil de l'Hospice de la Charité, ayant en tout quatre mètres carrés de surface, peuvent condenser, par heure, six litres d'eau; mais, pour préparer avec cet appareil mille rations de dissolution gélatineuse par jour, ce seraient environ vingt et un litres de dissolution gélatineuse qu'il faudrait obtenir par heure; ce sont donc à peu près quinze litres d'eau qu'il faut introduire, par heure, à la surface des os, dans le haut des cylindres. Les cinq litres un

Les os s'épuisant ainsi en quatre jours de travail continu, on conçoit qu'en chargeant d'os un cylindre chaque jour, et en réunissant dans un même vase, à chaque tirage, les liqueurs qui s'écouleront en ouvrant à la fois les robinets des quatre cylindres, on arrivera à établir un ordre de travail régulier, à épuiser complétement les os et à en obtenir constamment une dissolution gélatineuse de la même force. On voit, d'après ce qui vient d'être dit, que la marche de l'appareil étant régularisée dès le quatrième jour de travail, son service consiste seulement à remplir chaque jour un panier d'os concassés, ouvrir le cylindre où les os sont restés quatre jours exposés à l'action de la vapeur, en retirer le panier chargé d'os épuisés, le remplacer par le panier chargé d'os neufs, que l'on doit préparer d'avance, et, enfin, refermer exactement ce cylindre pour y introduire de nouveau la

---

quart de dissolution gélatineuse, qui sortiront alors, par heure, de chaque cylindre, se composeront d'un litre et demi de dissolution de gélatine formée par la vapeur condensée dans le cylindre, trois litres trois quarts de dissolution gélatineuse formée par le moyen de l'eau injectée vers le haut du cylindre et dans le sens de son axe.

vapeur, puis opérer l'injection d'eau ; enfin, de temps à autre, ouvrir un instant le robinet à air pour expulser l'air et les gaz.

Voici les conditions qu'il faut réunir pour obtenir de bons résultats avec cet appareil.

1°. Les os doivent être concassés en menus morceaux ; il faut les broyer d'autant mieux qu'ils sont plus compactes, et qu'ils doivent être épuisés plus promptement ou à plus basse température.

2°. Les os doivent être dégraissés préalablement, au moyen de l'eau bouillante, dans une chaudière ordinaire.

3°. La vapeur d'eau doit être d'autant moins comprimée, et la durée de l'opération par conséquent d'autant plus prolongée, que l'on veut obtenir de la gélatine plus pure et se prenant mieux en gelée.

4°. Dans ce procédé, la tension de la vapeur doit varier selon l'effet que l'on veut produire ; l'expérience a cependant prouvé qu'il était en général avantageux de ne pas employer de la vapeur à plus de cent six ou cent sept degrés centigrades, c'est à dire faisant équilibre à une colonne de mercure ayant plus de neuf cent soixante millimètres de hauteur ; les robinets placés sur chacun des tuyaux qui servent à inproduire la vapeur dans les cylindres donnent d'ailleurs toute facilité pour faire varier à volonté la tension de la vapeur, qui y est mise en contact avec les os : il faut donc avoir soin d'en régler convenablement l'ouverture, ce qui sera facile en consultant les thermomètres, que l'on peut placer à l'extrémité du tuyau qui amène la vapeur dans l'appareil, comme cela est indiqué dans la description.

5°. Il est essentiel de tenir l'appareil très proprement, et de ne recevoir la dissolution gélatineuse que dans des vases en fer-blanc ou en grès bien cuits. Ces vases doivent être échaudés fréquemment, car l'expérience a appris que la propreté de ces ustensiles contribuait beaucoup à la conservation des gelées ou des dissolutions gélatineuses qu'on y laisse séjourner.

6°. La dissolution gélatineuse qui se produit au moyen de la condensation de la vapeur dans les cylindres en sort parfaitement claire, si l'on tire la liqueur peu à peu et sans laisser sortir la vapeur par les robinets.

En étendant la solution obtenue au point de ne contenir que deux pour cent de gélatine, on a une dissolution aussi chargée en matière animale que l'est le meilleur bouillon de ménage, et l'on peut s'en servir, soit pour animaliser tous les alimens de nature végétale, soit pour remplacer le bouillon à la viande, ce que l'on fait facilement en salant, en colorant et en aromatisant autant qu'il convient cette dissolution gélatineuse, soit avec de la viande, soit avec divers légumes cuits dans cette solution. En la faisant évaporer jusqu'au point convenable, soit telle qu'elle sort des cylindres, soit après l'avoir aromatisée avec des légumes ou avec du jus de viande, on en obtient ou des tablettes de gélatine ou des tablettes de bouillon.

En épaississant convenablement la dissolution gélatineuse, on peut encore la faire entrer dans la préparation des farines de légumes cuits et séchés, comme le fait M. *Duverger*; dans la fabrication du ter-ouen et des autres substances alimentaires extraites de la pomme de terre, comme M. *Ternaux* l'a fait pratiquer dans sa fabrique de Saint-Ouen.

L'appareil dont nous parlons pourrait encore être employé pour cuire les légumes à la vapeur ; car il suffirait pour cela de placer des légumes, au lieu des os, dans les paniers de fil de fer et de les exposer pendant trente ou quarante minutes à l'action de la vapeur dans les cylindres. Nous dirons, enfin, que cet appareil peut aussi être considéré comme un moyen de chauffage puissant et bien convenable, surtout dans les maisons de refuge pour les indigens, puisqu'il procure à la fois la chaleur utile et une nourriture abondante.

Application nouvelle des os épuisés de gélatine.

M. d'Arcet a constaté que le résidu d'os bien épuisés dans l'un des appareils montés à Paris ne contenait plus qu'environ 0,08 de matière combustible, composée de savon calcaire et de très peu de graisse, les 0,92 restans ne renfermaient que des substances *terreuses :* il était donc peu probable que ce résidu pût être utile comme engrais à l'agriculture. Le même savant a d'ailleurs constaté que des résidus moins appauvris encore, puisqu'ils retenaient pour cent, en poids, dix parties de combustible, étaient restés dans le même état, soit à la superficie de la terre, soit enfouis à trois décimètres au pied d'un arbre pendant sept années, quoique exposés à toutes les influences atmosphériques favorisées encore par des arrosages répétés.

J'ai observé que lors même que ces résidus retiennent dans un travail en grand quelques centièmes de gélatine, la fermentation qui s'établit aussitôt après qu'on les a tirés des chaudières et mis en tas en convertit la plus grande partie en gaz qui s'échappent dans l'air.

Ayant eu moi-même de très grandes masses de ces résidus à ma disposition, j'essayai d'en tirer parti comme engrais. Plusieurs essais infructueux, faits en grand sur différens terrains, n'annoncèrent aucun résultat avantageux.

Des fabricans de colle d'os qui avaient accumulé plusieurs *millions* de kilogrammes de la même matière n'ont pas été plus heureux dans les tentatives qu'ils ont faites pour s'en débarrasser auprès des cultivateurs.

Un deuxième mode d'emploi, indiqué par M. *d'Arcet* comme offrant quelque chance favorable, n'a pas réalisé cette espérance.

Enfin, d'après un brevet d'invention, obtenu par MM. *Payen*, *Lecerf*, *Didier* et *Salmon*, cet intéressant problème est complétement résolu : on n'en saurait douter, puisque déjà la plus grande partie des résidus qui encombraient les cours des fabriques de colle d'os ont reçu cette destination, avec une valeur d'un franc à un franc cinquante centimes les cent kilogrammes à l'état brut.

Le procédé nouveau consiste à remplacer dans le tissu des os le carbone qu'aurait fourni la gélatine par celui qu'on obtient en y mêlant 0,1 de leur poids de substances grasses, résineuses ou bitumineuses.

Une circonstance remarquable, à laquelle la

Société d'Agriculture prendra sans doute un vif intérêt, c'est que, par suite de l'application dont il s'agit, ces matières, naguère inutiles, fournissent une nouvelle sorte de résidus connus sous le nom de noir de raffinerie d'un poids plus considérable que le leur propre, ayant, pour une valeur vénale au moins égale, un cours assuré, et qui déjà sont employés en agriculture avec un succès non contesté.

Tableau des substances animales importées en France en 1826, *suivant l'état officiel des douanes et d'après les valeurs adoptées par la commission d'enquête nommée en* 1825.

Laines brutes et lavées, bourre et déchet..	14,117,115 fr.
Peaux brutes, grandes et petites......	18,874,828
Pelleteries pour fourrures..........	1,617,399
Poils de lièvres, lapins, porcs, sangliers, vaches..................	10,277,245
Crins bruts et frisés	246,723
Suifs et graisses...............	566,178
Nerfs de bœufs, oreillons, etc. (matière première de colle-forte).........	377,990
Colle-forte..................	316,022
Os.....................	55,787
Cornes brutes................	257,817
Plumes à écrire et pour les lits.......	1,387,264
	47,896,458 fr.

C'est donc une valeur de quarante-huit millions à peu près que la consommation annuelle en France réclame à la production territoriale en débris d'animaux, la plupart à l'état brut, et dont le prix peut être plus que doublé par diverses préparations. Cet aperçu démontre quelles importantes ressources sont offertes aux habitans des campagnes par la multiplication des bestiaux et le parti qu'on peut tirer des produits des animaux morts.

En terminant ce mémoire, nous devons répéter encore que de toutes parts en France les industries manufacturières qui s'exercent sur les substances animales manquent de matière première. Le plus grand nombre en tire à grands frais de l'étranger; pour d'autres, l'impossibilité de les obtenir économiquement paralyse leurs travaux. Généralement, dans nos grandes villes, ces matières productives sont encore incomplétement recueillies, et dans les petites villes, les villages, les hameaux, elles sont presque totalement perdues.

Espérons qu'à l'avenir il n'en sera plus ainsi: les gens des campagnes, qui savent si bien utiliser pour les besoins de leurs familles des objets de la plus mince valeur, ne négligeront plus des substances utiles, dont le moindre avantage est de fertiliser la terre, d'accroître ainsi le produit des récoltes, qui, contribuant à leur aisance particulière, concourt en même temps au bien-être général.

Des résultats aussi importans étaient dignes de l'attention soutenue de la Société royale et centrale d'agriculture; ils exciteront sans doute la sollicitude des administrateurs éclairés de nos départemens, qui sauront encourager tous les moyens de les obtenir.

TABLE DES MATIÈRES.

FIN DE LA TABLE DES MATIÈRES.

www.ingramcontent.com/pod-product-compliance
Lightning Source LLC
LaVergne TN
LVHW012011220826
846092LV00001B/317